歴史探偵
忘れ残りの記

半藤一利

文春新書

1299

まえがきに代えて――生涯読書のすすめ

世界最高の史書は何か？　と問われたら、司馬遷《しばせん》の『史記』と答えることを常としている。とくに「遊侠《ゆうきょう》列伝」と「刺客《しかく》列伝」はピリリと辛《から》い人物たちがつぎつぎに登場してきて、いつ読んでもじつに楽しい。

先日もその「項羽《こうう》本紀」を読むともなしにパラパラしていたら、項羽の少年時代の、あまりにも豪快なセリフにゆき当って、思わずギョッとなった。

「書ハ以《モッ》テ名姓ヲ記スニ足ルノミ」

中国では、古くから学問のことを読書といった。少年項羽は、要するに、苗字《みょうじ》が書ければ十分、学問などほとんど必要がない、といい放ったのである。

それはまあ、劉邦《りゅうほう》と天下争覇を戦いつづけた豪勇無双の項羽のこと、幼いころはそんな不敵なことを考えたこともあるのであろう。が、「力は山を抜き」とか、「虞《ぐ》や、虞や、汝《なんじ》をいかんせん」とかの、後世にも残る名言の詩をよんだ男のこと、やっぱり長じては猛勉強、つまりあまたの本を読んだにちがいないのである。

ところが、その数日後のことである。こんどはうんと時代が下がる宋の時代の詩人蘇《そ》東《とう》坡《ば》の「石蒼舒《せきそうじょ》の酔墨堂《すいぼくどう》」という詩で、同じ意の詩句を発見したのである。これには、もう一度、ウヘェーと腰の蝶番《ちょうつがい》が外れるほどびっくりさせられた。

「人生、字を識《し》るは、憂患《ゆうかん》の始め、

姓名、粗《ほ》ぼ記さば、以て休《や》む可《べ》し」

訳せば《いいかい、下手な学問をすることは憂患の始めであって、文字なんてものは、せいぜい自分の姓名を書ければそれで十分。つまらぬことに苦労するに及ばんよ》ということか。

ところが、さらにその数日後、偶然とはいえ夏目漱石の最晩年の漢詩に行き当ったではないか。

「人間五十今過半　愧為読書誤一生」

瞬間、「漱石先生よ、お前さんもか」と思わず叫んでしまった。項羽や蘇東坡と同じく、読書は下らぬと先生もいっているのかいな、と思ったからである。「人間《じんかん》五十、いま半ばを過ぐ。愧《は》ずらくは、読書のため、一生を誤るを」と読んだゆえに、どうしても解釈はそこにゆきつく。

が、数日後、先輩の漢学の先生に得々《とくとく》としてそのことを語ったら、大いに顰蹙《ひんしゅく》を買ってしまった。

「バカもん！　人生の半ばを過ぎてしまったのに、こんなザマでいると、一生もいい加減な読書のために棒にふらないでもないぞ、怖《おそ》るべし、怖るべし、とこの詩は解するんだ。自戒の詩なんじゃ。わかったか」

これにはギャフン、でありました。

そういえば、わたくしはどちらかといえば、悪ガキの少年時代から本好きであった。といっても、読んでいたのは講談社刊の『少年講談』全百巻ばかり。それで、戦時下の中学生のころ、犬山道節だの犬塚信乃《しの》だの『里見八犬伝』の剣士の名や、猿飛佐助《さるとびさすけ》・海野《うんの》六郎・三好清海入道《みよしせいかいにゅうどう》らの『真田十勇士』の名を暗《そら》んじていて、敵米軍の航空機や軍艦の性能なんかを憶えるのに汲々《きゅうきゅう》としている同級生の軍国少年たちに、

「ゲンマイ（わたくしの渾名《あだな》）は非国民だな。憲兵に〝国賊だ〟といって引っ張っていかれるぞ」

と、しょっちゅうおどかされていたものであった。

長じて、とかく読みたいと思った本は片っ端から読んだ。乱読である。乱読の弊害はなかったと思っている。自分の頭で考える代りに、その道の専門家に代りに考えてもらえる。それをこっちは遠慮なく汲みとればいい。それは「達人、遠方より来たる。亦《また》楽しからずや」といったらいいか、読書は悪ガキ育ちのボンクラをじつによく鍛えてくれた。

　さらに、歴史探偵を職業とするようになり、本はもっぱら史料として読むようになった。読書の楽しみはかなり失われたが、それでも机上に、山のように積んだ史料としての本のそばに、漱石や永井荷風や坂口安吾の好きな小説集はきちんと並べて置いておいた。項羽、蘇東坡ら先人たちが何といおうと、読書すなわち好きな学問をすることは、ただ、その楽しみがあるだけであると考えている。

　ところで、歴史探偵を自称するようになって史料の本をパラパラとしながら、「眼光、紙背に徹す」という古語がしきりと気になった。一知半解はあかんぞ、しっかり自分の眼光で読み、理解を確かなものとせよ、という読書についての教えである。人びとがネットとやらの電子器具を信奉し、そろって本を読まなくなったいまは、もはや死語になってしまっているかもしれないが。

　この言葉、当然のことに中国のおごそかな古典に発していると考えていたが、すぐ気づいたのは、古代中国では書物は紙ではなくて、木簡や竹簡であった。これじゃ光がその裏側まで透徹すべくもない。どだい無理な話。ということで気になったので、さっそく探索と相成った。

出典は日本、それも幕末のころの儒者、塩谷宕陰《しおのやとういん》とすぐにわかった。この人が、同じく儒者の安井息軒《そくけん》について論じたもののなかにこうある。

「書ヲ読ンデ、眼、紙背ニ透リ、識慮高卓、議論、人ノ意表ニ出ヅ」

すなわち「読書して人の数倍も理解力が秀《ひい》でており、識見も思慮もすぐれ、議論をすればつねに人の意表をつく」と、褒めて褒めまくった文章のなかにでてくる。「透」を「徹」とのちの世の人が言い換えたらしい。

ついでに書くと、宕陰先生はこの息軒論のなかで、とても教訓的なこと、逆にいえば、それゆえわれら凡人にはおよそ役立たぬことも、おごそかにのたもうている。一部引用してみるが、原文の漢文のままに。

「嘗観於当今之学徒、其在庠校《しょうこう》、孜孜勤苦者有矣。（後略）」

これじゃやっぱり何のことか、眼光、紙背に徹してもわからない。で、後半もふくめて現代語に意訳してご紹介すると――。

「近ごろの学生どもは学校にいるときは、懸命に本を読むが、卒業して就職でもしてしまうと、一ページも開けなくなる。長の肩書でもつくともうさっぱり。ちょっと病気でもしようものなら挫《くじ》けて、本をぶん投げる。そんな奴《やつ》らばかりで、情けないったらない」

就職したらもう終りという奴は、「その志小なる者なり」。女房を貰うと駄目になる奴は、「その器狭き者なり」。肩書に長がついてさっぱりなのは「その意満《みつ》る者なり」。病気して挫けるのは「その気剛ならざる者なり」……。

という具合である。

生涯学習が盛んに唱えられているいま、幕末にすでにしてそのことの大切さを看破し、明言している方がいたのである。と感服してみても、いまの本を読まざる人に満ちている世の中、やっぱり無駄なことか。

歴史探偵　忘れ残りの記◎目次

まえがきに代えて——生涯読書のすすめ　3

第一章　昭和史おぼえ書き　13

おかしな言葉／勅語と詔書と勅諭／「まで」について／降伏と休戦と／国民義勇戦闘隊のこと／〝風のたより〟暗号／日本人は「黙禱」好き？／昭和は遠くなりにけり／上野高女のストライキ／名言「血と汗と涙」／敗戦後、一夜明ければ／原爆とアインシュタイン／魔物をつくった人類／「勝札」が輝いていた時代／原爆をめぐる伝説と現実／コント・戦後史／神風いろいろ

第二章　悠々閑々たる文豪たち　61

弦音の響き／当て字の話／山嵐のこと／「芥川」をめぐって／隅田川カッパ合戦／鷗外センセイと安楽死／ハンケチとハンカチ／女房ドノの呼び方／「頓」という字／欠伸という字／和製漢語のはなし／露伴『五重塔』のモデルは／貧乏神のこと／

雅号の遊びごころ／知らぬ顔の半兵衛

第三章　うるわしの春夏秋冬　99

「花より団子」のとき／西行法師の大往生／「四睡」のいびき／春はうららかにあらず／茶壷ニ追ハレテ……／紫陽花のこと／土用の丑の日とは／三という数字／紅という文字／女心と神無月／「ほろほろ」と散る／秋の夕暮／薄という字について／師走とつごもり／「雪」の詩について／豆マキは男にかぎる？

第四章　愛すべき小動物諸君　137

一、二、三のはなし／地震ナマズの話／飛魚の飛翔記録／蟬の一声／恋猫・今と昔／「狐の嫁入り」とは？／鹿の鳴く秋／田螺と亀の鳴き声／猫の死亡通知／本物のハチ号の話

第五章　下町の悪ガキの船出　161

「悪ガキ」について／悪ガキ時代の言葉／お屠蘇に酔って／埋火の記憶／寅さんの

生まれた年／「ヒューどろどろ」の話／あぐらと正座／東洋一の橋の跳開に臨む／向島界隈／ボートと渡し　隅田川の記憶

第六章　わが銀座おぼろげ史　189

無敵鉄牛大行進／アイスクリーム／入社試験の話／みゆき通り／仮採用のころ／数寄屋橋の話／女性美の革命／時計のある塔／カンカン娘／四人の美女たち／文春の引っ越し／長井代助と銀座／じじいの歎き／出雲橋「はせ川」／お稲荷さん／舞台風／柿色の鉢巻／エイッ・ヤッ・コトン／血のない定九郎／早朝の銀座風景／玩具の店のうす明り／展覧会紳士／春風　銀座乃道

あとがき　261

編集部付記　266

初出一覧　268

第一章　昭和史おぼえ書き

おかしな言葉

「食べれる、着れるはダメな日本語」と、相も変わらず若ものの言葉遣いが槍玉にあげられている。直せるものなら直した方がいいが、おかしな日本語はなにもいまどきだけではない。われらロートルが親しんでいる昭和史を飾る言葉にだって、随分と首を傾げたくなる日本語がある。不思議に誰もおかしいと思わない。たとえば昭和七年（一九三二）ごろ大ヒットした古賀政男作詞作曲の流行歌「影を慕いて」の一節。

「まぼろしの　影を慕いて　雨に日に　月にやるせぬ　わが想い……」

この「やるせぬ」は、「やるせない＝遣る瀬ない」の意であるが、正確には「遣る瀬がない」ということ。その「遣る瀬がナイ」の「ナイ」を「ヌ」とすることが出来るなら、「元気がない」「関係ない」を「元気ぬ」「関係ぬ」と言ってもいいことになろう。

古賀大センセイは「許せない─許せぬ」「取らせない─取らせぬ」などの用法があることから、「遣る瀬ない」もその仲間ととんだ勘違いをなさったらしい。お蔭でこっちはケケケケと奇声をあげることになる。

同じ昭和七年の五・一五事件のとき犬養首相を暗殺した海軍中尉三《み》上《かみ》卓《たく》作詞といわれる

「昭和維新の歌」にも、テヘヘヘヘとなる言葉がある。

「汨羅《べきら》の淵に波騒ぎ／巫山《ふざん》の雲は乱れ飛ぶ／溷濁《こんだく》の世に我立てば／義憤に燃えて血潮湧く」

　この二行目の「巫山の雲」なんであるが、そも「巫山」とは、古代中国は楚の嚢王が夢で神女と契《ちぎ》ったという伝説の山なんである。去るときに神女は、自分は朝は巫山の雲となり、夕べには雨となって訪ねると語ったという。そこから「巫山の夢」「巫山の雲」「巫山の雨」「朝雲暮雨」「雲雨《うんう》」の語ができ、すべて男女の愛の熱い交わりを示している。

　三上中尉は昭和一ケタの世相を「世をあげてセックス氾濫《はんらん》」と観てとったのか。まさかそうではあるまい。汨羅の淵に身を投げて死んだ憂国の詩人屈原《くつげん》のほうはよろしいが、巫山のほうはちょっとおかしい起用ではあるまいか、と思いつつ、何かを憂うるときなど、昭和一ケタ生まれのわたくしたちはこの歌を大声をあげて歌っている。

　もう一つ、畏《おそ》れ多いことながら、昭和二十年（一九四五）八月「終戦の詔書《しょうしょ》」の「堪《タ》ヘ難《ガタ》キヲ堪ヘ忍ビ難キヲ忍ビ」である。「忍ぶ」と違って「堪える」は自動詞であるから、見るに堪えぬ悲惨事とか、風雪に堪えた老松《おいまつ》とか、「何々に堪える」と「を」ではなく「に」でなければならないのではあるまいか。したがって「堪ヘ難きに堪ヘ」が正しい。ああ、それなのに……。

（二〇〇三年十二月）

勅語と詔書と勅諭

今年は戦後六十年、八月十五日には、ことさら蟬しぐれをしみじみとした想いで聞くことになろう。

　秋蟬も泣き蓑虫《みのむし》も泣くのみぞ　虚子《きよし》

関連して話は突然に変わるが、こんな質問をやたらに受ける。「教育ニ関スル勅語《ちょくご》」が教育勅語で、「陸海軍軍人に賜はりたる勅諭《ちょくゆ》」が軍人勅諭。が、十二月八日の対米英戦争の開戦、または、この八月十五日の戦争終結のさいに天皇が国民に下し給《たも》うたお言葉を、それぞれ「開戦の詔書《しょうしょ》」「終戦の詔書」という。この勅語と勅諭と詔書（または詔勅という）の区別や如何《いかん》？

そういえば、戦争中に、大声で朗唱させられた「青少年学徒に賜はりたる勅語」という忘れられぬ勅語もあった。国家の運命は「汝等《なんじら》青少年学徒の双肩に在り」とわれら中学生はもてはやされたものであった。若いものがやたらにおだてられるのは、国家があらぬ方向に動き出したとき、とそれいらい思い知った。

　これら勅語、詔書、勅諭のすべては大御心《おおみこころ》そのもの、と戦時下のわれら少国民は信じ、何らの差のあるものと思いもしなかったけれども、よく考えると少し違うようである。

　共通しているのは、「御名《ぎょめい》」（天皇の署名）と、「御璽《ぎょじ》」（大きな天皇の印）があることである。何か祝日の式典で校長が恭《うやうや》しく勅語なり、詔書を読んでいる間じゅう、少国民は不動の姿勢をとって、頭《こうべ》を垂れて聞いていた。そして「御名御璽」となって、ヤレヤレと水っ洟《ぱな》をすすって頭を上げたものであった。

　閑話休題《それはさておき》、その区別である。

〈勅語〉天皇が大権にもとづき、親しく国民に天皇の意思を発表されたもの。国務大臣の副署を要せず。

〈詔書〉皇室の大事および天皇大権の施行に関する勅旨を宣誥《せんこう》する文書。国務大臣の副署を要す。総理大臣以下各大臣の署名がずらりと並んでいる。

〈勅諭〉天皇が親しく下されたお諭《さと》し。特定の対象（軍や学徒など）にたいする訓示的な意味を含む点で、勅語とは異なる。国務大臣の副署は要せず。

いずれも明治憲法下のことで、戦後日本にあってはこれらにお目にかかることはなくなった。ただロートルの記憶の中にだけある。なお、日清戦争・日露戦争の宣戦のときは「詔勅」、第一次大戦の対ドイツ宣戦と対米英戦争の宣戦のときは「詔書」となっている。どうして？　なんて余分なことは聞かないでほしい。

（二〇〇五年九月）

「まで」について

言葉というものは、何気なく使っているけれども、相手のとりようによっては、こっちが考えてもみないような意味となっていることがある。先日もこんなことがあった。

〽しゃぼん玉とんだ
屋根までとんだ

（「シャボン玉」作詞・野口雨情／作曲・中山晋平）

と、歌ってきかせたら、近所の小学校低学年のお茶っぴいが問うた。

「しゃぼん玉が割れないで飛べるようなやわらかい風なのに、どうしておうちの屋根が飛んだの。おかしいわ」

なるほど。しゃぼん玉が屋根の高さまで飛んでいった、とあっさり考えてきたが、「屋根までが」と主語の置きようのいかんによっては、お茶っぴいの疑問が正しいことになる。

　いざさらば雪見にころぶ所まで

松尾芭蕉の名句である。向島《むこうじま》の、隅田川のほとりにある長命寺《ちょうめいじ》の境内に、ゴツイ石のこの句の碑がある。あまりに達筆で彫られていて、ときどき間違えて読んで、恥をかくことがある。

どういう意味か？　と問われて、ペラペラと何時《いつ》もの伝で講釈したら、

「もしころぶ機会がなかったら、どこまでも、芭蕉は雪の中を歩いていくのかな」

と妙なことをいうヤツがいた。これにもちょっと閉口した。たしかに、いつまでも雪の中を歩いていかざるをえないような意味が、この「まで」にはある。芭蕉翁も難儀な句を詠んだことである。

また、戦争中によく歌われた軍歌の「討匪行《とうひこう》」には、

〽どこまでつづく泥濘《ぬかるみ》ぞ

という一句がある。自分の意思とは関係なく、ただ運命の成り行きにまかせるほかはないような、つらい意味が「まで」にはある。言外に、ただただガマンが大切、といっているようで、軍歌というよりも反戦歌といったほうがよいのかもしれない。

同じように、耐え忍ぶことが大事だという「まで」に、小林一茶の、

古郷は蠅迄《はえまで》人をさしにけり

がある。つまり、この句のうしろには、「親戚の連中から蠅までもが」の意が秘められている。といろいろ考えてくると、しょっちゅう使う「まで」は、なかなかに意味深長なる言葉とわかってくる。

今回は、これまで。この「まで」はやっと終わった、ヤレヤレ、の意なり。

（二〇〇六年五月）

降伏と休戦と

妙なことをいうな、と思われる人も多いかもしれないけれど、言語的にみても日本民族は昔から平和的な民族であったと思っている。戦争ができる国になれるように憲法を変えろ、なんて声が高くなるたびに、この人はことによったら日本人じゃないのかな、なんて思ったりする。

そもそもが、日本語には敵をやっつけるのに「攻撃」という言葉しかない。

これが英語となると、その形態や規模や意義などによって、「attack」とか、「offense」とか、「aggression」とか、「charge」とかに分化している。ほかの国の言語でもそうであろう。

この一事をもってしてもわかるように、日本語は英語にくらべると、戦争や戦闘にかんする言葉はまことに貧弱。つまり、日本人はもともと穏やかな、平和的な、戦争なんて嫌いな民族であったといえるのではないか。

八月になると、八月十五日の日本敗戦の悲しみの日がやってくる。降伏を告げる天皇の涙をおさえたラジオの声がよみがえってくる。

ところで、この「降伏」という言葉は、これを国際人道法に照らして厳密にいうと、「降伏＝surrender」とは、敵の武力に屈服した軍隊が無条件でその部隊ならびに武器をすべて敵に引き渡し、敵にたいする抵抗を戦場において放棄することを意味している。正確には軍隊が「敵の権力内に陥《おちい》る」あるいは「投降する」、あるいは「捕獲される」ことなんである。

国家が敗北し戦争を終わらせる場合には、正しくは「休戦＝armistice」「停戦＝cease-fire」なんで、日本人がそれを「降伏」といっているのは大間違いである、とつい先日、えらい言語学者から叱られた。

へェーと感服したものの、でも、思いましたね。あの昭和二十年（一九四五）八月の満《まん》目蕭条《もくしようじよう》たる焼野原に立って、烈日を浴びながら天皇放送を聞いたとき、中学三年生のわたくしには、これが休戦とも停戦とも思えず、ああ、わが祖国は敗けたんだ、降伏したんだ、としみじみと悲しく情けなくなった。それが実感でしたけれどもね、と。

　夏草や兵《つわもの》どもが夢のあと

そんな想いもはるか遠くになって、いまはこの芭蕉の句が胸に沁みるだけ。やたらに終戦という言葉にこだわる人がいるけれども、降伏でも終戦でも、休戦でもどっちでもいいのではあるまいか。

（二〇一三年九月）

国民義勇戦闘隊のこと

八月は遠い敗戦を思う月である、とは亡き大岡昇平氏の言葉である。六日の広島、九日の長崎、そして満洲へのソ連侵攻、十五日の天皇放送と、あの惨めであった日々を、老骨は思い起こさずにはいられない。「そんな昔話、いい加減にしなよ」「タマオト放送？　まあ、エッチな人……」なんていわれても、昭和二十年八月の、この三つの歴史的日付は死ぬまで消し去るわけにはいかない。

何度も書いてきたが、毎年八月がくると終戦の詔書のなかの「戦陣ニ死シ職域ニ殉《ジュン》ジ非命ニ斃《タオ》レタル者及其《ソ》ノ遺族ニ想ヲ致《イタ》セバ五内《ゴダイ》為ニ裂ク」をぶつぶつ経文のようにとなえて起きるのを、毎朝のしきたりとしている。

終戦の当時、わたくしは十五歳、中学三年生。でも、国民義勇戦闘隊の一員として、米軍が本土上陸作戦を敢行してきたときには、爆薬をかかえて戦車に体当りすることになっていた。そのための訓練を何度かさせられた。

当時の新聞にこうある。

「沖縄の戦闘は陸海軍将兵の鬼神《きじん》をも哭《な》かしめる勇戦敢闘にも拘《かかわ》らず、趨勢《すうせい》は我に不利にして、敵米軍はいよいよ本土上陸の野望を逞《たくま》しうしている。政府はこの戦局の重要性並《ならび》に沖縄本島における戦闘の体験に鑑《かんが》み、国民の戦闘組織を確立して、皇土《こうど》防衛の万全を期するため（後略）」

そして六月二十三日、沖縄陥落の日に組織されたのが国民義勇戦闘隊であったのである。男は十五歳以上六十歳以下、女は十七歳以上四十歳以下（当時は満年齢ではなく数え年で）の全員が、その隊員にされることになった。つまり、十五歳のわたくしはそのいちばん年若いほうの戦闘員であった。

こうして国民の大半が「兵隊」になった。お蔭で全国の村々では村民総出の竹槍訓練やら匍匐《ほふく》前進訓練がはじまる。「気をつけいッ」の号令のもとに、顔を真ッ赤に身体をもじもじさせたおばさんが、「オラァ、子供を産んでからおかしくなったて。こらえると小便がでちまってよォ。こんなごんで勝つずらかァ」と、わたくしにそっとささやいたりしたのを覚えている。

いまになると自動小銃をもつアメリカ兵を竹槍で刺し殺すつもりであったなんて、バカバカしい喜劇としかいいようがない。が、当時は真剣であった。あれから七十年。突然、そんなことが思いだされてきた。

（二〇一五年九月）

〝風のたより〟暗号

昭和十六年（一九四一）十二月八日は何の日？　と尋ねても、いまの若い人は正確には答えられないのではないか。この日にはじまった太平洋戦争もいまはもうはるかな昔ばなし。老骨はせいぜいわかりやすく「語り継ごう」と思うのであるが、スパイ小説や推理小説のネタになるような話が、いっぱい転がっているわけではない。

以下は、なかでも少しマシかと思える暗号の話。戦争必至かとなった十一月十九日、日本の外務省は在外公館あてに万が一のときに備えて〝風のたより〟という暗号を知らせておいた。

(1)東の風、雨→アメリカとの危機。

(2)西の風、晴↓イギリスとの危機。
(3)北の風、曇↓ソ連との危機。

この暗号は、短波放送の中間と終りにかならず二回くり返す。そしてこの放送があれば、すべての暗号書など必要な文書、機械を完全に処分せよ、との指示が加えられていた。

さて、十二月四日、この日、一日じゅう、数回にわたり、東京からの短波放送は「東の風、雨。東の風、雨」とアナウンサーが天気予報を伝えた。ほとんどの日本人が聞くことのない放送であったが。

実は、その二日前、連合艦隊司令長官山本五十六《いそろく》大将はハワイに向けて進撃中の機動部隊に、暗号で、

「ニイタカヤマノボレ一二〇八《ひとふたまるはち》」

の攻撃命令を発していた。

ここで奇妙なのは、十数年前にＮＨＫがまとめた『20世紀放送史』で、当の十二月八日午前四時少し前にも、アナウンサーが、なんと、「ここで天気予報を申し上げます」と突然に前置きして、

「西の風晴れ。西の風晴れ」

と短波放送した、というのである。いったい、これはどういうことか。日本の機動部隊の真珠湾攻撃開始は午前三時十九分（日本時間）、陸軍部隊のイギリス領マレー半島敵前上陸のドンパチはさらにその一時間前にすでにはじまっていた。「東の風」も「西の風」もあったものではないじゃないか。

一つ、考えられるのは、真珠湾奇襲はあくまで極秘にしておきたかった。それで目くらましに「西の風」とあわててやった。外交電報を残らず傍受して、風の暗号を承知していたアメリカ諜報部はあるいは目を白黒させたかもしれない。としても、日本の諜報戦はざっとこの程度のもの、まことにお粗末であるな。

（二〇一七年一月）

日本人は「黙禱」好き？

年齢が八十五歳を超えたときから、小学校や中学校や高等学校（旧制）そして大学時代の仲間が集ってのクラス会は、すべてとりやめとなった。まだまだ俺は元気だぞと強がりをいうヤツもいるが、杖をつきつきでは、または年若い女房どの同伴じゃ、いつひっくり返るかわからない。まったく齢はとりたくないものである。

そのクラス会で想いだすのは、これが二十年ほど前から、会のはじまる前にかならずその年までの間に亡くなった友を偲《しの》んで〝一分間の黙禱〟をやったことであった。顔もロクに想いだせない友のためにかと、少々照れくさい気分にならないでもなかったが、とにかく眼をつむって頭を下げた。

考えてみると、日本人はこの黙禱というのが好きなようである。太平洋戦争の後半なんかそれこそ黙禱だらけであった。戦場で生命を賭して戦う兵隊さんの〝武運長久《ぶうんちょうきゅう》〟を希《こいねが》って黙禱、勇戦力闘して亡くなった勇士のご冥福を祈って黙禱。それを「黙禱ハジメッ！」の号令一下、粛然《しゅくぜん》または茫然としてわれら悪ガキも頭を深々と下げた。なんと「止メッ！」の号令の待ち遠しかったことか。戦後はいつか「黙禱オワリ」と号令が変ったが、なぜか一分間はそのままのようである。

本当かどうか確認してはいないが、ときどきいまも黙禱しながら想いだす話がある。共産党の闘士の佐野学が逮捕されて裁判にかけられたとき、その公判廷で、「同志の霊にたいし黙禱を捧げたい」といいだしたというのである。裁判長はギロと眼をむいて、とっさに突っこんだ。
「奇なことを申すな。唯物史観のマルクシストが霊魂を云々《うんぬん》するのは、おかしいではないか」

　佐野がそれに何と反駁《はんばく》したか、それはわからないが、戦時下であっても共産党の会合では開会に当っては、まず右翼に惨殺《ざんさつ》された山宣（山本宣治《やまもとせんじ》）の霊に一分間の黙禱をするのがきまりであったそうな。

　そんな話を酒場でしていたら、いまは国連の総会議場でも「世界平和のために」黙禱をするよ、と物知りの友に教えられた。ただし、黙禱にあらずあちらでは「沈黙」なんだとか。「それが一分間かどうかそれは知らん」とその友もいっていた。

（二〇一七年四月）

昭和は遠くなりにけり

先日、ある俳句雑誌でこんな句を見つけて、ウムと思わず唸《うな》った。

八月や六日九日十五日

その話を友人の俳人にしたら「その句は八月やを、八月の、八月に、などと変えていろいろな人に詠まれていて、俳句の世界では有名なんだよ」と教えられた。いちばん最初につくった人は不明で、作者未詳となっていたそうな。いずれにしても六日のヒロシマ、九日のナガサキ、十五日の天皇放送と七十二年前の日本敗戦を体験した老齢者が作者なのであろう。

八月になると、そんなはるか昔のことを詠んだ俳句がなつかしくなり、メモ帳をひろげたりする。そのいくつかを――。

大志を乗せて雪の夜行車着上野

作者は石原童子という人、面識はなし。高度経済成長のはじまったころ、〝金の卵〟とおだてられ集団就職の少年少女がドッと東京にやってきた。東北や北陸から来る列車の終着駅が上野。思えば希望に溢《あふ》れた時代であった。

木炭バスみんなで押した雪の坂

野田寿雄氏の作。もちろん知らない人。ガソリンでなく木炭をエネルギーにして走っていたバス。馬力がないので坂道になると乗客が降りてヤッサヤッサとバスを押した。とにかくすべての物資不足、それが戦後日本のスタートであったな。

雪催ひ恋を恋して真知子巻き

これも見知らぬ浜口宏子さんの作。

ラジオドラマ『君の名は』の放送時間がくると銭湯の女湯はからっぽになったほどの大当り。映画化されてまた大ヒット。ヒロイン岸惠子の真知子巻きのストール姿。日本中の若い女性がこれを真似て、猫も杓子《しゃくし》も。いやはやでした。「忘却とは忘れ去ることなり」の名文句も、いまはすっかり忘れ去られた。

窓を上げて駅弁買って帰省かな

鈴木誠氏作。同じく見知らぬ人。それにつけてもいまの窓の開かない新幹線などの味気なさ。「汽車、待ってくれェ、お釣りお釣り」と叫んで駅弁屋さんが列車を追いかけたのも、なつかしい思い出となった。

以下説明と作者抜きでいくつか。

のどけしや出世払ひと言はれし日

原っぱの三角ベース草青む

敗戦忌記憶は地平の大夕焼

それにつけても、「昭和は遠くなりにけり」でありますな。

（二〇一七年九月）

上野高女のストライキ

いきなり長い引用となる。

「私達はお国のために学業を捨てて造兵廠《ぞうへいしょう》で働きました。そして敗戦の苦しい心の中にも懐しい母校へ帰る楽しい夢を抱いていました。ところが工場から帰った私達の眼に映る母校の姿は私達若い、正義に燃ゆる者の到底我慢の出来ない不正だらけです。授業などはほとんどせず学校農園と勤労奉仕ばかりです。農園の作業を休む生徒がいると、ある先生は『農園が嫌なら学校にも覚悟があります』といっておどかします。（後略）」

東京上野にある私立上野高女の四年生が、昭和二十年十月八日に学校側に突きつけた檄《げき》文《ぶん》である。彼女たちは当時十六歳。そしてつぎの四つの要求。

一、学校農園より校長の退去

一、農作物の公平分配
一、工場よりの加配米、石鹸《せっけん》の分配
一、校長、副校長の排斥、全職員の罷《ひ》免《めん》、正しい先生の復帰

もちろん、校長石橋蔵五郎と副校長のその娘はこれをはねつけた。これに女学生たちは柳眉《りゅうび》を逆立て、というわけで断々固としたストライキに入る。

これぞ敗戦によって軍国主義の鎧《よろい》をぬぎ、民主主義の衣をまとった戦後日本初のストライキ。新聞も大きな活字で報じ、とにかく日本中がひっくり返って大騒ぎとなった。

当時わたくしは十五歳の越後長岡の中学三年生で、このニュースに大いにハッスルした。「畜生！　アマッチョに先を越された。俺達も軍国教師どもを追っぱらうためにストライキをやるべえか」と、威勢ばかりよかったが尻つぼみで、上野高女のようにいかなかった、情けない思い出が、いまも残っている。

敗戦直後のこの年の米の生産高は四千万石弱で、国民の必要量は七千五百万石、しかも空襲で輸送機構はマヒ状態。米どころの越後にいてもほんとうに腹がへってストライキどころではなかったのである。ましてや焼野原の東京にあって、彼女達はもっと大きな悲鳴をあげていたはず。なのに、敢然として歴史に残るストライキ第一号に打って出た。アッ

パレというほかはなく、十月がくると、毎年このストが頭に浮かんでくる。ほんと、戦後になって女性はエラクなったなあ。

さて、あれから七十二年もたって、かの男まさりのなでしこ諸姉はみんな米寿、全員がお元気なのであろうか。

（二〇一七年十一月）

名言「血と汗と涙」

昨年の夏の酷暑を思いだすと、今年はいったいどんな夏を迎えるか、いまから老齢のわたくしは戦々兢々《せんせんきょうきょう》としている。昼といい夜といい、汗っかきのわが身は暑さを想像しただけで、もう背中がびっしょりになってくる。

それで今回は「汗」が主題。

昔から、働く、努力する、頑張ることを「汗する」といった。これは万国共通なのか。

日本では収入や収穫を「血と汗の賜物」といったかと思うが、この「血と汗」からすぐに思いだされるのは、第二次世界大戦のときのイギリスの首相チャーチルの有名な言葉である。二十世紀の名言の一つに数えられているから、欧米人はひとしくこの言葉に納得しているのであろう。

昭和十五年（一九四〇）五月十日、ナチス・ドイツ軍の猛攻で最大の危機のときに、イギリス首相に就任したチャーチルは、十三日に下院で就任演説を行った。

「私は、血と労苦と涙と、そして汗以外に、捧げるべきものは何一つもっていない。……諸君は、政策は何かと尋ねられるであろう。私は答える。海で陸で、また空で、神がわれわれに与え給うたわれわれの全力をあげて、戦うだけである」

議員たちは拍手喝采、そしてイギリス国民はラジオの前で熱狂し、ブラボーと叫んだとか。いや、声もでないほど感動し、涙にむせんだとか。いらい「血と汗と涙」は一つの言葉としていたるところで、叱咤激励するときに使われるようになった。

もう一つ、汗ですぐに頭に浮かんでくるのは「汗牛充棟《かんぎゅうじゅうとう》」という、蔵書の多いことをいった言葉である。車に積んで運ぶと牛が汗をかき、家の中に積みあげると棟までとどくほど書物が多いという意味である。出典は唐の文豪の柳宗元がある人の墓誌に記した言葉というが、いまの紙の本がさっぱり読まれなくなった時代には、死語と化してしまっているかもしれない。ああ、無念やな、といいたくなってくる。

いや、死語といえば、汗そのものもいま日本語から消えつつある、という人がいた。クーラーが普及したいま、汗して働くなんて誰もやらないよ。それが証拠に「汗ふき」なんて誰もいわない、オシボリというんだ。その人はそういった。なるほど、なるほど。


（二〇一九年八月）

敗戦後、一夜明ければ

戦前・戦中・戦後を生きてきた年寄りには、毎年のことながら、八月は戦争で亡くなった三百十万人の犠牲者を心から追悼しなければならない月、という思いが深い。

昭和二十年八月十五日の国家敗亡を迎えたとき、わたくしは十五歳、中学三年生であった。熱狂的な軍国少年ではなかったが、それでも国のために死ぬ気ではあった。それで軍部が配った本土決戦のためのパンフレット「国民抗戦必携」にもとづく訓練にその直前まで汗と涙をふりしぼったりしていた。

白兵戦で「刀や槍《やり》を用ふる場合は斬撃や横払ひよりも背の高い敵兵の腹部目がけてぐさりと突き刺した方が効果がある。ナタ、玄能《げんのう》〔トンカチ〕、出刃包丁、鳶口《とびぐち》、鎌等を用ひるときは後《うしろ》から奇襲すると最も効果がある。（中略）格闘になつたなら『みずおち』を突くか、睾丸《こうがん》を蹴る、（中略）とにかくあらゆる手を用ひてなんとしてでも敵を殺さねばならない。（後略）」。

いま考えれば、戦車と自動小銃をもつすごくデッカイ米兵を相手に、どうして奇襲や格闘ができるというのか。阿呆《あほう》の極みというほかはないけれど、当時は本気に信じこんで、そのための猛訓練にはげんでいた。

が、その覚悟も何もかもが十五日の昭和天皇の放送を聞いたあとは吹っ飛んでしまった。二十日に灯火管制の解除の指令がでて、三年八カ月ぶりに家庭の電灯は光を戸外に堂々とこぼし、屋外灯もともり、町や村がパッといっぺんに明るくなる。これは心の底から明るくなって嬉《うれ》しいかぎり。

二十二日、ラジオで天気予報再開。二十三日には音響管制解除、電報小包制限解除、電話も個人の架設許可、休演中の映画・演劇再開と、つぎつぎに指令がだされてくる。人々の顔も晴れ晴れとして、生気を取り戻した。作家海野《うんの》十三《じゅうざ》が八月二十四日付の日記にその喜びを書いている。
「……光の下にしばらく座っていると、『即時灯火管制を廃して、街を明るくせよ』といわれた天皇のお言葉が、つよく心にしみてきて、涙をおさえかねた」と。

それが何たることか。「一夜明ければ」という言葉どおり、少し落ち着いてくると、まわりの大人どもが恥ずかしげもなく寝返ったのを見たのである。あれほど精神の切り替えを鮮やかに、いや、あっさりとやってのけた例は、世界歴史上どこの国にもなかったのではないか。熱血殉国でわたくしたちをポカポカ殴っていた教師や元警防団員たちは先頭に立って「民主化」の旗ふりとなる。戦争に負けるとは、軍事的には木《こ》っ端《ぱ》微塵《みじん》に砕かれる、だけではすまず、精神的、思想的かつ文化的にも、日本人はノホホンと変わるんだ、別の人間になるんだ、この厚顔無恥！　と骨身に沁《し》みて思い知らされたのである。

八月がくると、その情けない思いが蘇る。このぬけぬけとした自己欺瞞《じこぎまん》はいまにつづいているのではないかと。いや、もっとひどくなっているのではないかと。

（二〇一九年八月二十四日）

原爆とアインシュタイン

テレビのクイズ番組で「世界の偉人」の一人として、よくこの人のベロンと舌を出した写真が映しだされ、広く知られるようになった。アメリカの物理学者アインシュタイン博士である。

この博士が物理学における二十世紀最大最高の業績となる論文を発表したのが明治三十八年（一九〇五）六月三十日。

論文の題は「運動物体の電気力学について」で、いわゆる「特殊相対性理論」。

と、ここまでは一応トントントンと書いてきたが、完全に理解していないことを書くのは、正直なところ苦痛きわまりない。以下はもっと苦痛になるのを承知しつつ、書く。

そもそも、この特殊相対性理論で比較的知られていることは、ものの質量とエネルギーは相互に転換し得るものであり、質量がエネルギーに転換するさいには、光の速度の二乗に比例した膨大な大きさのエネルギー（熱量）になる。これを数式にすると$E=mc^2$。これぞすなわち二十世紀の原子力時代の開幕を予測したもの、ということになるのである――。

と、書いたところで終わり、とするのも、いささか無責任なのでつづけると、この特殊相対性理論の延長線上に、昭和十三年（一九三八）十二月のドイツの科学者ハーンとシュトラスマン両博士の驚くべき論文があった。ウラニウム235に衝撃を与えることで核分裂させると連鎖反応が起こり、想像を絶する大きさのエネルギーを一瞬に放出させることが可能になる、という〝仮説〟を発表したのである。これは新大陸発見と同じくらい大きな出来事であったという。

なぜ特殊相対性理論の延長線上に核分裂やら膨大なエネルギーの放出があるのか。書いている当人もチンプンカンプン。で、その「なぜ」はやっぱり専門家にまかせるほかはなく、ここでまたアインシュタインの登場となる。

このドイツの両博士の論文に触発されて、ア博士が一書をしたためたのである。あて先はフランクリン・ルーズベルト米大統領。このウランの核連鎖反応という新しいエネルギー現象は、異常に強力な爆弾の製造につながる、と指摘した上で、

「この爆弾が船ではこばれ港湾で爆発させられれば、一発で港全部と周辺の一部を壊滅さ

せるかもしれません」

と冷静にア博士は予言した。日付は一九三九年八月二日。あえていえばアメリカの原爆製造はこの日にはじまったのである。さらには、これから先に人類滅亡の日を迎えるようなことがあったら、そのスタートも。

のちに博士は猛反省して、

「第四次世界大戦になると人間はまた、石と棍棒で戦うことになるな」

といったという。ベロなんか出してアカンベェーなんて、許せませんな。

（二〇一九年六月二十九日）

魔物をつくった人類

年明け早々の一月六日、北朝鮮が「水爆」実験成功を発表する衝撃のニュースが駆け巡った。核廃絶に向けた多くの人々の努力に背を向けた愚かな独裁者による暴挙だ。いまのところ、水爆ではないとみられているが、わたくしは年明けからずっと暗愁にとらわれている。

そう、あれは昭和二十九年（一九五四）三月十四日のことである。遠洋マグロ漁船の第五福竜丸が静岡県焼津《やいづ》港へ帰ってきた。これが日本中を震撼《しんかん》させた「死の灰」事件の発端であった。

当時、「文藝春秋」編集部員であったわたくしは、その新聞第一報の翌日、ただちに焼津港に飛んでいった。水素爆弾という言葉に接すると、嫌でもその時のことが思い出される。乗組員二十三人全員が、アメリカの水爆実験場のビキニ環礁から東方約一六〇キロの「危険区域外」にいたにもかかわらず、放射性落下物（死の灰）を浴びて被曝した。そのうち二十一人が隔離されて入院していた病院を訪れて直接、取材したのである。

病院は焼津市北郊の田んぼの中で、赤い屋根の真新しい建物だったことを覚えている。広い病室には青畳が敷かれ、乗組員たちはそこに横たわって新聞や雑誌を読んでいた。わたくしはその人々と顔を合わせたとき、言葉どおりギョッとした。何という真っ黒い顔。白い薬をあちこちにベタベタと塗り、頭には包帯をしている。その白さがかえって顔色の黒さをひき立たせ、異様としかいいようがなかったのである。

取材した話の内容は、いくつかの切れ端しか覚えていないのが残念この上ないが、話をいろいろ聞いている真っ最中に、患者さんの一人が血相を変えて病室に入ってきて怒鳴ったことは鮮明に記憶している。

「いまラジオを聞いていたら俺たちの船が禁止区域に入って作業してアメリカの巡視船に捕まり、水爆実験について口止めされていると言っていた。そんなことは絶対にない。デマも甚《はなは》だしい。許せない。俺たちの船は間違いなく禁止区域のずっと外にいたんだ」

それが無線長だった久保山愛吉《くぼやまあいきち》さん（半年後に享年四十で亡くなった）かどうか、そうであった気がするが確かではない。間違いなく久保山さんその人から聞いた話は、「爆発から三時間もすると、粉のような灰が船体一面に降りかかった。その晩は飯も食えず、酒を飲んでも酔わなかった。三日目には灰のかかった皮膚が日焼けしたように黒ずみ、十日ぐらいたってから水ぶくれの症状になった。頭痛と吐き気とやけどと下痢で、みんなひどかった」ということと「この苦しみは俺一人でたくさんだ」と吐き捨てるように言った言葉。今も脳裏に刻まれている。

翌日の新聞だったと思うが、米原子力委員会委員長ストラウスによる大統領アイゼンハワーへの実験結果の報告記事が載っていた。そのメモをいまも残している。

「一発で、どんな大都市でもふっ飛んでしまうことが判明しました」

「ニューヨークでもか」

「もちろん、ニューヨークとその周辺区域も」

この記事を示しながら「雪の博士」として有名な中谷《なかや》宇《う》吉郎《きちろう》氏が語ってくれた言葉も忘れられない。

「それどころではない。もし今度の実験の水爆がコバルト爆弾であったとしたら、恐ろしい放射性雲ができる。その結果、地上の生物は死滅することになる」

そして博士は言った。

「カリフォルニア沖で一発爆発させたら、上空の西風に乗った殺人雲は、サンフランシスコからニューヨークまでを四、五日間で流れて行き、その雲の通過するところ、地上には生物が一匹も残らない」

読者の皆さんを脅すために書いているのではない。北朝鮮の水爆実験の報に触発されて六十二年前の体験と記憶を書いたにすぎない。

それにしても、人類は自分で制御できない魔物をつくったものよ、と嘆くばかりである。

その上、半世紀以上たっても少しも聡明になっていない。ヒロシマ、ナガサキ、ビキニ、そして原発事故の歴史に学ぼうとしない。

核戦争による人類滅亡までの時間を示した世界の「終末時計（核の時計）」は冷戦終結後「十七分前」に遠ざかったが、いまは「三分前」を示している。

（二〇一六年二月）

「勝札」が輝いていた時代

太平洋戦争も末期のこの国の惨憺《さんたん》たる様子は、これまでもうあきれるほど読者諸兄姉は読まされたことであろう。本土決戦に向けて狂奔する軍部と、無理やりそれに従わせられる国民。軍部は勝つ意思も自信もなく、ただ戦うために戦う、戦いつづけることが目的になっていた。そのために国民を道連れにすることに何のためらいも、やましいところもなかった。

――なんて話が、今回の主題ではなく、少しのんびりした事実を。すなわち宝くじの話である。いまになるとほとんど知る人はなくなったが、宝くじの前身とされる「勝札《かちふだ》」が政府のキモ煎りで、日本勧業銀行本・支店などで売りだされたのが、昭和二十年（一九四五）七月十六日。一枚十円で、この日から発売されて販売の締め切りは、なんと、一カ月後の八月十五日ときたもんだ。

各新聞がにぎやかに発売を報じたが、ここには読売報知（現、読売新聞）を長く引用する。

「一等に当れば十万円、籤《くじ》運が悪く全然当らなくても勝ち抜くための献金となるこの勝札の抽籤《ちゅうせん》は売出締切十日後の八月廿五日、麹町区内幸町勧銀本店で一般に公開して行はれる、第一回売出二億円（二千万枚）で十万枚一組に一等十万円一本、二等一万円九本、三等千円九十本、四等五十円九百本、五等十円一万九千本計二万本の当り籤があるから五本に一本は必ず当るわけ」

さてさて、売り出し締め切りの八月十五日に、天皇放送があって戦争は突如として終わってしまう。勝札の抽籤ははたして行われたのであろうか。貧乏性ながら気になってならなかった。調べてみたら確かに、きちんと行われていた。敗戦後の八月二十五日に本店ではなく勧銀長野支店で。さりながら、十万円に当たった一等当選者のなかには不明のままの人もいたらしい。空襲で焼き殺されてしまったのか、と悪い想像をしている。

宝くじを何べんも欲をだして買ってみたが、いっぺんもいい目をしたことがないわたくしは、こんどは一等十万円はいまの額にするといくらぐらいになるか、そんな余計なことが気になってならなくなった。日銀の企業物価指数で計算すると、二千百万円ほどになるそうな。もっとも十年ほど前の計算であるが。

とにかく勝札の名が象徴しているように、地図の上からは抹消され、そのころ空襲もなくなった焼け野原だらけの東京には、勝利を信じてののどかな日々が訪れていたらしい。三月十日の空襲で焼けだされて、東京から新潟県に疎開していたわたくしは存じないことであった。

漫談家で随筆家の徳川夢《む》声《せい》が七月二十二日の日記に浅草のことを書いている。

「他に何もなきこの興行街に、若き産業人たちが、地下鉄や都電を満員にしてやってくる。そしてガツガツと（映画や芝居を）二ツも三ツも見て行くのである。あわれふかき風景である」と。

（二〇一九年七月二十日）

原爆をめぐる伝説と現実

かつて「ウォーナー伝説」が得々《とくとく》として語られていた時代があった。アメリカ人の美術史家ラングドン・ウォーナーさんのお蔭で、京都と奈良の古寺や古美術が戦災から救われたんだ、というまことにうるわしいお話である。中学生のころこの伝説を信じ、ウォーナーさんが来日したときなんか、その頭から後光がさしているように、無邪気なわたくしは感じたものであった。

歴史的事実はどうなのか。昭和二十年五月十一日に、政府・軍による原爆の投下目標検討委員会の二回目の会議がロスアラモスでひらかれ、そのとき、たしかに、京都は広島、横浜、小倉、新潟とともに目標都市として正式にえらばれている。京都と広島はAA級の目標と確定、ほかの三都市とともにB29による通常の爆撃の禁止命令が、マリアナ諸島の航空軍司令部に通達された。

委員会はこの日にこう決定したものの、その後に手違いがあったりして、横浜が外され長崎が加わるなど、目標都市の変更は少しくあった。が、京都の名は不動のまま消されることはなかった。

ところが、二カ月余後の七月二十五日に発せられた原爆投下命令書には、こう記されているのである。

「第二〇航空軍第五〇九戦略爆撃隊は、一九四五年八月三日ごろ以降、目視爆撃が可能な天候になり次第、なるべく速やかに、最初の特殊爆弾をつぎの目標の一つに投下すべし。
〈目標〉広島、小倉、新潟および長崎」（私訳）

と、ここでは京都の名は消えている。つまり京都は七月二十五日の直前に、目標から除外されていたのである。

そこにウォーナーの名がでてくるのか。しかし、これはあり得ない話。米軍のような大組織が轟々《ごうごう》と戦略・戦術の歯車を回して動いているとき、一人や二人の民間人の願望や訴えに動かされて、作戦計画を変更するはずはないのである。ましてや戦争中、命令書は超極秘である。といまは明快に、そして完全に、この美談はつくりものなりと否定されている。なのに、いまも居酒屋などで滔々《とうとう》と「ウォーナー伝説」をやっている御仁がいる。正直にいってわたくしはしばしア然とするばかり。

では、京都を外したのはだれか。答えは明快、ときの陸軍長官ヘンリー・スチムソンである。軍人にあらざるこの男は、戦略よりも何よりも、戦後のアメリカの歴史的地位の重大さ、そして戦後世界の指導者としてのアメリカの威信ということを重大視していた。それゆえに、歴史的汚名を残したとの声のあがりそうな、いらざるところへの攻撃は避けねばならないと考え、大統領を見事に説得したのである。

にもかかわらず、ヒロシマ・ナガサキは永遠の歴史的汚名となっている。いくらアメリカが原爆投下の正当性をやっきとなって主張しても、汚名の消えることはない。何とも皮肉なことよ、というほかはないのである。

（二〇一九年五月十一日）

コント・戦後史

戦後七十年、ということでやたらに仕事が舞いこんでくる。八十爺《じじ》いになるまで生きてきたムクイ（？）なのかと嬉しいやら悲しいやら、情けないやら、複雑な気持を味わっている。ほんとうに年はとりたくないものです。

で、今回はその七十年を記念して、いまも覚えている戦後すぐから石油ショックまでのさまざまな小ばなしや駄じゃれやらを並べてみることにする。まず戦後すぐの腹がへってへってのころによく口ずさんだ歌。

　　豊葦原瑞穂《とよあしはらみずほ》の国に生れきて米が食えぬとはうそのよな話

腹がペコペコで何もする気にはなれない。当時することといえば、

　　戦後とは朝寝昼寝に宵寝してときどき起きて居眠りをする

歴代首相は苦心して再建政策をおし進めるが効果はあがらない。それでこんなざれ歌がはやった。

「景気なおしの音頭をとって／いろんな祭りをやるけれど／なんとも下手くそマツリゴト」

さらに、「政治とは」と問うと、

「天皇――アソー
　政府――ウソー
　国民――クソー」

〝青い眼の大君〟マッカーサーは、占領下の日本人を「十二歳」と評した。その日本が独立する日がやってきた。まず流行したセリフ。

「十二歳を頭《かしら》に八千万もいるんですの……大変でざあますわァ」

当時は就職できぬ学士様が仰山できるほど不景気がつづいた。で、

「独立、独立ってアテツケがましく言うなよ――スネカジリ」

その独立のころのある日の会話。

「オオ、ニッポン人、猫背の人たいへん多いあるね？」「バックボーンがへなへなになっちゃったんです」

石油ショックのころ、三木のり平が中村メイコに真面目な顔で、

「俺も年のせいかどうもあっちの方が元気がなくなった。こういうのを老いるショックというんだろ」

メイコが即座に答えた。

「艶聞（塩分）を控えめになされませ」

皇室の民主化が常識的になった。それでこんな不敬なコントもはやった。

「皇太子殿下がお手洗に入っているのに美智子妃殿下も入りたいとき、何というのだろう

かね？」
「まだ殿下」

（二〇一五年二月）

神風いろいろ

　さきごろ大岡昇平『レイテ戦記』を再読する機会があった。大岡さんはこの大冊のなかで、神風特別攻撃隊の体当り攻撃にたいしてほとんど手放しで讃美の切ない心情を吐露し、自己の死を賭した特攻隊員の意識と行動に最高の道義を認めている。それは全篇にみなぎる国家体制や、なかんずく軍部にたいする仮借なき批判の筆とは、あまりにもそぐわないほどの烈《はげ》しい感情の移入であり、心の傾斜であることに驚かされた。

　そのことについてはほかに書いたから略するとして、それを契機としてわたくしには「神風」にまつわるもろもろのことが想いだされて来て、ついでにこの風について歴史探偵を自称するものとしてちょっと調べてみたくなった。ここにはそれについて書く。

神風となれば、昭和一ケタ生まれ以上にはただちに元寇《げんこう》を想起する人も多いであろう。文永の役（文永十一年（一二七四））で侵攻ならずに引き揚げたモンゴル軍は、弘安四年（一二八一）ふたたび来攻した。実に千隻からなる大艦隊に五万の兵、さらに三千五百の船に必要な糧食や兵馬と兵十万をつみ、これらが合体した軍勢は七月初めに壱岐の沖に集結、九州博多湾に向かって来たのである。

日本軍（武士団）は上陸軍を海岸線に迎え撃ち、果敢に応戦した。戦いぶりはアッパレそのもので、上陸を許さなかった。流血を六週間余もつづけたのち、やむなく戦法を変えようとモンゴル軍は艦隊を一つに結集させた。船を互いに鎖と板でつなぎ、離れないようにするのを忘れなかった。そこに大風が襲ったのである。

この記事は、日本史、元史や、マルコ＝ポーロの旅行記にもあって、否定できない事実になっている。新暦に直せば八月下旬にもなろうから、季節のみから考えてもこの大風は台風によるものと思われる。

実戦記録『八幡愚《はちまんぐ》童記《どうき》』にはこう記されている。

「去七月晦日の夜半より乾《いぬい》の風おびただしく吹きいでて、閏《うるう》七月朔日は賊船ことごとく漂蕩して海に沈みぬ」

投錨した船は大風に直撃され、互いにぶつかり合い、岩に激突、綱を切り帆柱を折った。転覆した船の残骸はあまりに数多かったため、翌朝はバラバラになった船体、外板、折れた柱の上を歩いて何百メートルもの沖まで行くことができたという。沈んだ船四千、溺れ死んだもの十三万人。

この風は、記録にあるように、博多湾の乾風つまり北西風であった。今日の気象学的にいえば、九州南部から近畿地方へと進んだ台風の目、の外側の風であろうと推測されている。裏書きするように、この風はのちに京都も襲っており、「終夜風雨はなはだし」と当時の記録が残っている。

ついでに書くと、北陸一帯から新潟へかけて真宗《しんしゅう》王国をつくったのには台風と関係があるような気がしてならない。太平洋から近畿に上陸した台風は、いまでも北上して北陸を襲い、進路を北東に変じて新潟から津軽へ走っていくことが多い。屋根に瓦がのる前の、軽い板葺きの家に住む民衆は枕を高くして眠れなかった。法然《ほうねん》から親鸞《しんらん》へとつたわった他力本願の教えは、台風で屋根をふっとばされ、諸行無常《しょぎょうむじょう》を感じた民衆の心をたしかにとらえたのである。人びとの避難所となった真宗の寺がやたらに大きく重い屋根をのっけているのは、そのためではあるまいか。

それはともかく、元寇の「神風」であるが、当時はそうよんで大喜びしたわけではなかったようである。なるほど、日本国にたいする神のご加護とする考えはあったらしいが、「神風」とよぶいい方はなかった。直後の閏七月十七日の後宇多《ごうだ》天皇の宣旨《せんじ》には、

「今月朔日暴風上波、是則神鑒之応護也、賊船定漂没歟……」

と、風を「暴風」ととらえている。南北朝時代の北畠親房《きたばたけちかふさ》『神皇正統記《じんのうしょうとうき》』も、「大風」としているだけ。万世一系の皇統の正しさを訴えたこの書にして然《しか》りとなると、いつからこの暴風が「神風」と変じたのか、興味ある主題といえる。

ところで、日本史上に重要な役割をはたしている風、それもはっきりと「神風」と書かれている風がほかにもう一つあった。『万葉集』巻二・一九九の柿本人麻呂の長歌で、それには、

「……行く鳥の　あらそふ間《はし》に　渡会《わたらい》の　斎《いつき》の宮ゆ　神風に　い吹きまどはし　天雲《あまくも》を日の目も見せず　常《とこ》やみに　覆ひたまひて……」

とある。弘文《こうぶん》天皇（大友皇子）と大海人皇子《おおあまのおうじ》（天武《てんむ》天皇）との間で戦われた壬申《じんしん》の乱の際の、高市皇子《たけちのおうじ》の武勇を人麻呂がほめたたえているところである。大海人皇子は戦略上から伊勢の桑名より美濃に入って東国の軍勢を集め、高市皇子を総指揮官にする。高市皇子

は全軍を率い、不破《ふわ》の関で近江より進攻して来る弘文天皇軍を迎え撃つ。このときの戦闘を人麻呂が高らかに歌いあげているわけなのであるが、この長歌によって明らかに戦場には烈しい風が吹いていることがわかる。

その風は、イツキノミヤの神風。ということは伊勢から来る神助の風であるから、多分に南々東の大風であったにちがいない。しかも厚い雲が全天を蔽《おお》って真っ暗になっている天候である。そして季節は七月である。これはもうちょっとした低気圧の移動などではなく、明らかにこれまた台風であり、近畿地方を南北に横断して日本海へぬけていったものとみたい。

とすれば、これは高市皇子の軍にとっては追風となる。当時の戦いは主要武器が弓矢であるから、追手の風なら射るにも火を放つにも断然有利。また剣をぶつけ合う接近戦となっても、烈風を背にすることは風に向かって進むより数倍も有利に軍を展開できる。

壬申の乱における大海人皇子の勝利は、不破の関での勝ち戦さによって決した。勝因は伊勢の方より吹いて来た台風を自分の味方にしたことによる。まさに神風であったのである。それを証するかのように、もともとは日の神を祀《まつ》る一地方の神であった伊勢神宮は、壬申の乱からのち、突然に天皇家の祖霊をおまつりする聖地へと昇格していった。

そしてやがては、『万葉集』の、たとえば巻二・一六二の持統《じとう》天皇の長歌の一部に、
「……神風の　伊勢の国は　沖つ藻も　靡《な》みたる波に　塩気のみ　香《かお》れる国に……」
とあるように（ほかにもあるが）、明らかに伊勢という地名にたいする枕ことばとして用いられるようになっていった。

と書いてきて、ここから勝手な想像をさらにふくらませれば、元寇のころには「神風」は、実は右のような伊勢の枕ことばでしかなかったのである。せいぜい広げても伊勢の方から吹く風であったのではあるまいか。であるから、皇室の祖神「天照大御神《あまてらすおおみかみ》の吹かせ給う風」などという言葉はだれもが思いつかなかった。

しかし、のちの人がよくよく調べたら、この国難に際して朝廷が伊勢の大神に必勝を勅願し、また勝利のあとに神恩を謝し内宮《ないくう》の摂社風神社《ふうじんのやしろ》を別宮風日祈宮《べつぐうかざひのみのみや》に昇格させている、という事実を知った。こうなると伊勢の神風は枕ことばを離れて、がぜん重要な意味をもつようになった。そこからさらなる作意が始まるのである。

あとは端折《はしょ》る。その結果、昭和の日本は神国となり、太平洋戦争末期には元寇の神風がさかんにもちだされた。Ｂ29の空襲下で「最後にはかならず神風が吹く」と信じられ、その神風をよぶために十死零生の特攻が考えだされ、作戦命令として強制化されていく。何

ともやりきれぬ狂気の時代。そして戦後は「神風タクシー」とカリカチュアされ、さげすまれたこともまだ記憶に新しい。いったい日本人の精神構造はどうなっているのか。少なくとも吹く風に罪はないのであるが。

（掲載年不明）

第二章　悠々閑々たる文豪たち

弦音の響き

夏目漱石は愉快なことに弓の句をいっぱいつくっている。なかで「弦音《つるおと》にほたりと落る椿かな」が気に入っている。ほたりと椿を落とすほどに、静寂を破って弦音がピーンとあたりに響く、気合がすこぶるよろしい。そして、ついでに、『万葉集』の中皇命《なかつすめらみこと》の長歌を思い浮かべる。

「やすみししわが大君《おおきみ》の　朝《あした》にはとり撫でたまひ　夕《ゆうべ》にはい縁《よ》り立たしし　御執《みと》らしの梓《あずさ》の弓の　中弭《なかはず》の音すなり……」（巻一・三）

と両者を思い出したところで、一席申しあげると、古代日本から、矢をつがえないで、弓の弦だけをピーンピーンと鳴らして、物のけを追っ払う呪術がこの国にはあったらしい。いや、あったと断定的に書くべきか。それも武人が多勢でやると効果的であった。狩猟であれ、戦闘であれ、飛鳥《あすか》の深い森のなかで、いっせいにピーンピーン。それが木魂《こだま》して、この世のものともあらぬ深淵な響きをかもし出し、団結と勇猛心をかきたてたに違いないのである。中皇命の長歌はそのことを語りかけている。

このお呪《まじな》いはずっと時代が下がるが、平安朝の御代につながってくる。紫式部『源氏物語』の「夕顔」の巻である。

夜中に、怪しい女が光源氏と夕顔の枕もとにあらわれる。お蔭で愛する夕顔が卒倒。光源氏はオロオロしつつ、

「明かりをつけて来なさい。家来の者どもには、弦打《つるう》ちして、たえず声を出せ、と申しつけて下さい」

と命じたとある。それで全員が大慌て。滝口にいる武士は、

「いかにももっともらしく弓弦《ゆんづる》を打ち鳴らした」

と書かれている。夜中の宮中で、屈強な男どもが弦だけをピーンピーンと鳴らして、妖怪を退散させようとしたところを、多分、紫さんは実際にご覧になっていたのであろう。

漱石先生の句は、勇ましくもあり、野蛮で愚かしくもある、そうした日本の伝統的風習を面白いと思っていたに違いない。そして、ほたりと椿を落とす弦音の句は、そんな音響のもつ呪術的な威力をしっかりと捉えている。

以下、漱石の弦音の句をいくつか。

矢響の只聞《ただきこ》ゆなり梅の中

弦音になれて来て鳴く小鳥かな

月に射《い》ん的《まと》は栴檀《せんだん》弦走り
ちなみに最後の句の「弦走り」とは矢響きまたは弦音のことである。

（二〇〇二年八月）

当て字の話

昨年末放映のＮＨＫドラマ『坂の上の雲』で、ロシアの軍港ウラジオストックを、俳優さんたちが「ウラジオ・ストック」と真ん中で区切って言っているのがやたらと気になった。日本と歴史的につながりの深い港湾都市であるから、浦と塩とが連想され、ストックは在庫で、なんとなく倉庫の立ちならぶ港町を思い描く人も多いらしい。

それに、その昔の人はこれを浦塩斯徳と書いた。もちろん当て字である。こう書かれれば、どうしたってウラジオ・ストックと読んでしまう。

正しくは「ウラジ・オストック」と区切って読む。一九六一年に打ちあげられた初の有人宇宙船は名をウォストークといった。じつはこのオストックも、ウォストークまたはヴォストークと読むほうが原音に近いそうな。意味は、「東方」。そしてウラジとは支配すること。で、ウラジ・オストックは東方支配の拠点、つまりロシアの東進政策のシンボル港の意味をもっている。

明治の人はとにかく言葉を漢字化することにものすごい情熱をそそいだ。アメリカを亜米利加、イギリスを英吉利、フランスを仏蘭西、ドイツを独逸。それはまったく使わなくなったいまも米国、英国、仏国、独国と短かくなって生き残っている。とくに手紙を候文で書くとき漢字で書こうとしたから、矢張《やはり》、目出度《めでたく》、浦山敷《うらやましく》などと当て字をどしどし採用した。結納に使う勝男節《かつおぶし》、寿留女《するめ》、子生婦《こんぶ》なんかは縁起をかついだ珍妙な当て字である。

この当て字の名人に夏目漱石がいることは知られている。魚の秋刀魚《さんま》を三馬と書いたり、バケツを馬穴としたりは有名であろう。『坊っちゃん』には「道具屋を呼んで来て、先祖代々の瓦落多《がらくた》を二束三文に売った」とか、「下宿の五倍位八釜《やかま》しい」とか、いかにも漱石的漢字で読む方も楽しくなる。

阿呆鳥《あほうどり》熱き国にぞ参りける

英吉利留学のときの船旅中の句である。中国の信天翁。鷹を天と信じて、鷹が落とした魚を天からの贈り物と思ってありがたく食うので、信天翁とよばれた。かかる愚かなところからこの鳥は馬鹿鳥、阿房鳥、沖の太夫《たゆう》などの異名がある、と字書にある。これを阿呆鳥と書くのは、いかにも漱石らしくて、いい。

（二〇一二年三月）

山嵐のこと

夏目漱石の『坊っちゃん』のなかで本名がわからないのは、主人公の坊っちゃんと狸校長と教頭・赤シャツの三人。あとは野だいこ・吉川、うらなり・古賀、マドンナ・遠山とほぼ判明する。坊っちゃんの相棒の数学教師も堀田であるが、ほとんどあだ名の「山嵐」で通っている。

ずいぶん昔にアメリカ旅行をしたとき、ある動物園でヤマアラシという動物にぶつかったときは、かなりびっくりした。ハリネズミに似たごっついやつであるが、ハリネズミよりもずっと大きく、棘々《とげとげ》も長くてオール・バックになっていて、怒ると（あるいは恐怖を感じると）総毛を立たせて威嚇《いかく》する。ただし肉食のハリネズミと違って、こやつは図体はたしかにでっかいし、威嚇するときはおっかないそうだが、草食動物であり、専守防衛《せんしゅぼうえい》で、ごくごく平和的なんであるそうな。

残念ながら日本には棲息《せいそく》していないという。それなのに、なぜかヤマアラシという大和言葉でよばれている。専守防衛の日本にあやかってつけられた名とは思えないが、とにかく不思議である。

嵐という言葉は、いまは、硬派中の硬派の堀田〝山嵐〟先生のような、荒々しい風を意味している。が、もともとは夜になり山から吹きおろす風のことで、さほど荒い風のことではなかった。それよりも、意外に、ソヨソヨ吹く弱い風をさすことが多かったという。よく晴れた夜に、山から吹きおろしてくるやわらかいそよ風ということで、日の出にはぴたりとやむそうな。

清少納言は『枕草子』で、文庫で二ページにわたって「風」について書いているが、「風は嵐」とイの一番にこころよき風としてあげている。「暁に格子《こうし》、妻戸《つまど》をおしあけたれば、嵐のさと顔にしみたるこそ、いみじくをかしけれ」というわけである。

　　吹くからに秋の草木のしをるれば
　　　むべ山風をあらしといふらむ

『小倉百人一首』の文屋康秀《ふんやのやすひで》の歌である。ここでも山から吹きおろす風のこととしている。となると、そもそも山から吹きおろす風ときまっている嵐を、わざわざ山嵐と名づけたのは、いったいどうしてなのか。

堀田先生のあだ名をいったいどこから漱石先生は思いついたのやら。まさかアメリカのヤマアラシからではあるまいな。

（二〇一三年八月）

「芥川」をめぐって

河童《かつぱ》忌の庭石暗き雨夜かな

内田百閒《うちだひやつけん》の句である。七月二十四日はその河童忌で、いまから七十七年前の昭和二年（一九二七）七月二十四日の未明、芥川龍之介は多量のベロナールをのみ自殺した。享年三十五。晩年の作品に「河童」があり、季語になっている河童忌はそこに由来する。ついでにいえば芥川賞は、菊池寛が夭折《ようせつ》した親友を偲《しの》んで昭和十年（一九三五）にはじめた文学賞である。

芥川となると、わたくしは彼の夫人あてのラブレターをすぐに想いだす。

「ワタクシハアナタヲ愛シテ居リマス　コノ上愛セナイ位　愛シテ居リマス　ダカラ幸福デス　小鳥ノヤウニ幸福デス」

それにしても、こんなに愛した夫人がいるのに、なぜ、若くして自殺したのか？　遺書には「ぼんやりした不安」とあるけれども、強度の神経衰弱、作家としての行きづまり、性病説、愛人説などなどの憶測が飛び交っている。

ところで、「塵芥《ちりあくた》」というように、芥川とは汚ならしい苗字だな、といつも思っていた。が、最近、漢学の大家からゴミの意はなくて「芥は辛菜《からしな》なり」と古い文献にあると教えられてびっくりした。

「つまり、芥川とは〝易水にねぶか流るる寒さかな〟という蕪村《ぶそん》の句にある葱《ねぎ》をからし菜に代えたような意味ということになるんだな」（ホントかね）

中国どころではない。日本へ眼を向けると、大阪府高槻《たかつき》市に綺麗な芥川が流れていると、地名辞典に載っているではないか。しかも、水源に近い山奥には芥川という名の村もあり、昔は旅人なんかを喰ってしまう鬼の棲みかとして知られていた。すなわち『伊勢物語』第六段がそれ、というのである。

やっと連れ出した恋人を背負って男は、芥川のほとりまで逃げてきた。夜も更《ふ》けたので、女を荒れはてた蔵に入れて、男は武器をもち戸口で見張っていたのに、鬼に恋人をあっという間に喰われてしまう。ここは原文がいい。

「鬼はや一口に喰ひてけり。『あなや』といひけれど、神鳴るさわぎに、え聞かざりけり」

雷雨のために恋人のアレーッという悲鳴も聞こえなかった。この無残な書きっぷりは、芥川の小説そのものではないか。


（二〇〇四年八月）

隅田川カッパ合戦

はじめて芥川龍之介の最晩年の短篇「河童」を読んだとき、「隅田川に近い本所育ちの芥川さん、さてはあの河童合戦の話をガキのころ、たっぷり大人たちから聞かされていたんだな」と思った。「本所七不思議」の一つに相撲をとる河童もでてくるが、間違いなく「河童」を書く気になったのは合戦のほうだと確信した。

作中に、下町風に、ことばをいくつも重ね相手を罵倒するところがある。

「この悪党めが！　貴様も莫迦《ばか》な、嫉妬深い、猥褻《わいせつ》な、図々しい、うぬ惚れきった、残酷な、虫の善い動物なんだろう。出て行け！」

　これを目にしたときまさしく、これなん河童合戦だよと思ったのである。すなわち、少し川上の枕橋付近に大勢力をもった源兵衛堀河童群が、遠く清洲《きよす》橋下流で急に勢力をつけてきた仙台堀河童群を相手に、源平合戦そこのけの覇権争いをしたという伝説の一巻なんである。

「だいたいな、仙台堀でわかるとおり仙台六十二万石伊達家の屋敷のあったあたりに、いつのころか棲みついた河童どもがおった。伊達藩が八代将軍の吉宗公のときに命ぜられて両国橋を架けたんだが、それをえらく自慢にしたこの仙台堀の河童どもが、隅田川をわがものと思ったのがコトの始まりじゃ」

　わが向島の横丁の隠居は、そんな風に幼い連中を集めて語ってくれたものだった。

　この仙台堀河童群の横暴ぶりに、この悪党め！　許さじ、断乎《だんこ》討つべしと立ち上ったのが、枕橋がかかる源森《げんもり》川（源兵衛堀）に棲む連中。実は枕橋のきわ、隅田川べりに水戸屋敷があったのである。

源兵衛堀河童は胸をはって言ったという。

「石高こそ低いが、われらが周囲をお守りする水戸サマは御三家の筆頭、黄門光圀《みつくに》公いらい副将軍として将軍家を補佐してきた由緒ある家柄。いってみればわれらは譜代の河童だ。それを何だ、石高を誇るが伊達は外様《とざま》大名、あいつらは、だから、外様河童にすぎん」

これが戦争の原因というのだから、無謀な太平洋戦争にとびこんだ日本国の河童らしく、あまり知恵があるとはいえない。戦闘は数が優勢の仙台堀にやや利があったが、源兵衛堀の勇戦に、隅田川に流れこむ北十間《きたじっけん》川、神田川、竪《たて》川あたりの小集団が攻守同盟を組んで、仙台堀に応戦。いつはてるともなく戦いはつづいた。

この隅田川の河童合戦をえらく心配したのが、御《お》船手頭《ふなてがしら》の向井将監《むかいしょうげん》、とくるのだから愉しい。河童のケンカに人間がでるの図なのである。そして両軍の大将を陸上によんで、両国橋を三十八度線にして互いに国境線外に出でざることを、将監は固く誓わせた。陸に上がった河童は力なく承諾して終戦。

「戦前までたしかにいた河童も、戦後は棲めなくなった。人間がかれらを隅田川から追っぱらったんじゃ」

古老はきまって話の終わりをそう結んだ。

ところで、いまは芥川さんの「河童」のそもそもに、とは思っていない。死の直前の短篇のせいかあまりにも暗すぎる。なるほど、戦争の話がでてくるが、「決まって些細な原因からおこる」もので、「河童は腹さえ減れば、何でも食う」から資本家は戦地の食糧として石炭殻を送り、大儲けする、なんてかなり厳しい文明批評が記されている。どうも隅田川の河童合戦の明るさとは縁のない作品だな、といまは考えざるを得ないのである。


（掲載年不明）

鷗外センセイと安楽死

森鷗外の短篇「金毘羅《こんぴら》」を読んで、思わずクククとなったことがある。それは鷗外とみてとれる文学博士小野翼《たすく》が、赤ん坊の半子を百日咳《ひゃくにちぜき》で死なせてしまう前後のことを描いている。

この赤ちゃん、半子をハンコと読んではいけない。ハンスと読む。ご存じのように、鷗外は万事国際的ならんと自分の子供たちに於菟（オットー）、茉莉（マリー）、不律（フリッツ）、杏奴（アンヌ）というドイツふうに読める名をつけている。小説のなかまでその流儀を一徹に通しているわいと、それがおかしかったのでクククとなったのである。

実は、鷗外はその次男の不律を半歳余にして亡くしている。短篇「金毘羅」のなかに出てくる半子とは、すなわち不律クンに他ならない。ついでにいえば半子の姉に百合（ユリー）が登場するが、これまたのちの作家森茉莉《まり》さんということになる。

ところで、その折りにも気づいたが、幼な子を死なせてしまったのでさぞや悲しかったであろうに、小説はリアリスティックに、むしろ冷ややかに描かれる。鷗外はよほど非情の作家なんだ、と決めていたが、最近、不律の妹の小堀杏奴《こぼりあんぬ》さんの『朽葉色のショール』（春秋社）を読んだら、

「……一歳年長の兄不律は、百日咳で到底助からぬと解っていたらしいが、そして父の同意によるものであるが、安楽死の名の下に、これも一人の医師の手で殺されている」

とあって、思わずウヒャーとひっくり返った。鷗外の依頼によって、主治医が生まれて半歳余の赤ん坊を安楽死させたことになる。これ、犯罪と違うか？

とたんにかの名作「高瀬舟」が想起されてきた。安楽死の主題を真っ正面にすえたこの

短篇は、神沢貞幹《かんざわていかん》『翁草《おきなぐさ》』にヒントをえたと、わざわざ「高瀬舟縁起」を付し、鷗外は説いている。

「医学社会には、これを非とする論がある。すなわち死に瀕して苦しむものがあったら、らくに死なせて、その苦を救ってやるがいいというのである。（中略）私にはそれがひどくおもしろい」

それで大正四年（一九一五）に「高瀬舟」を書いたが、不律ちゃんが死んだのは明治四十一年（一九〇八）である。医師森林太郎センセイ、一度は冷徹に突っ放してはみたものの、やっぱり胸中穏やかならざるものあり、長いこと悩んでいたとみるが如何？

（二〇〇五年十一月）

ハンケチとハンカチ

斎藤「ハンカチ王子」佑樹《ゆうき》選手の登場で、春の東京六大学野球が、とくに早慶戦が神宮球場に最高の観客を集めたとか。五十余年前のわが大学生のころにも、都の西北と「若き血」で、神宮の森がどよめいたものであったが、いまの人気はそれ以上の爆発的なものであったようである。慶賀、慶賀である。

それで、「いやあ、ハンケチの威力は凄いもんだね」と、つい先日、何の気もなしにいったところ、「ケチじゃござんせん、カチでござんす」と、ギャルどもにゲラゲラ笑われた。が、わが生まれ育った東京下町では、昔からハンケチと確かにいっていた。さてはこれは下町言葉で、笑われても仕方がないのかな、と思ったことであった。

されど、後日よく考えてみたら、二葉亭四迷、森鷗外、夏目漱石、樋口一葉、泉鏡花、永井荷風、谷崎潤一郎と文豪の名を連ねるまでもなく、昔の文学者はすべて小説などでハンケチと書いている。正統はこっちなりと、俄然、ちかごろは強気になっている。

徳冨蘆花『不如帰《ほととぎす》』――。

「武男は僕が照らせる提燈《ちょうちん》の光を踏みつつ門を出でて十数歩、ふりかへり見れば、浪子は白き肩掛を打被《うちき》て、いくと門に彳《たたず》み、手巾《ハンケチ》を打ふりつつ『良人《あなた》、早く帰つて頂戴な』」

夏目漱石『三四郎』――。

「其手を不意に延ばした。手帛《ハンケチ》が三四郎の顔の前へ来た。鋭い香がぷんとする。／『ヘリオトロープ』と女が静かに云つた。三四郎は思はず顔を後へ引いた」

もう一つ、芥川龍之介「手巾」――。

「ふるへながら、それが感情の激動を強ひて抑へようとするせゐか、膝の上の手巾《ハンケチ》を、両手で裂かないばかりに緊《かた》く、握つてゐるのに気がついた。さうして、最後に、皺くちやになつた絹の手巾が、しなやかな指の間で、（後略）」

ナーンだ、どれも漢字ではないかと、君、言い給うことなかれ。これらにはどれもハンケチと当時からきちんとルビがふられているのである。すなわち日本人は、英語のHand-Kerchief をハンドクェルチーフ→ハンケルチフと読んできて、つづめてハンケチとしたのである、としたほうがハンカチより話の筋道が立っている。わたくしはそう考える。で、これからも下町風に、頑固爺風にハンケチで押し通すことにする。

（二〇〇七年九月）

女房ドノの呼び方

夏目漱石の名作『吾輩は猫である』の四章にこの言葉がでてくる。

「主人は平気で細君《さいくん》の尻の所へ頬杖《ほおづえ》を突き、細君は平気で主人の顔の先へ荘厳なる尻を据えた迄の事で無礼も糸瓜《へちま》もないのである」

つまりこの「細君」である。一般に妻のこと、それも他人（同輩以下）の妻を、たとえば「細君に変わりはないか」というふうに使う語なのであるが、いまは死語となってしまったのか、あまり聞くことがない。「細」は「小さい」意味でもあるから、もともとは謙譲語として自分の妻の意味で使われたのであるが、それがいつからか他人の妻の意に使われるようになったものらしい。

さらに出所を尋ねれば、なんと、紀元前二世紀の司馬遷《しばせん》の『史記』に発するのである。それが漱石からさらに時代が下って昭和時代まで普通に使われていたのであるから、寿命の長さは驚くに値いする。死語にしてしまうのは、ちょっと惜しい気がする。

さて、それにつけてもいまは他人《ひと》様《さま》に自分の妻のことを紹介するとき、何というべきかホトホト困却することがある。

「これが私の妻《さい》です」なんて格好よすぎて、東京の下町育ちのわたくしにはすらすらとはでてこない。もちろん「ワイフ」なんて金輪際《こんりんざい》いうつもりはない。「女房です」が無難なのであるが、あとで「なんでドノをつけなかったのよ」と怒鳴られたりする。

そのほか、「家内」「愚妻」「カミさん」「山の神」「カアチャン」とかあって、酔っぱらって、しかも妻にはバレないと確信がもてたときは「うちの嬶《かかあ》ときたら」とか「うちの婆ぁはよォ」とか気持ちよくやるのである。

それにつけても、日本語とはほんとうに豊富であるな、と感嘆せざるを得ない。であるから日本の男は昔から苦労してきたのである。たとえば『雨月物語』などの作家の上田《うえだ》秋《あき》成《なり》。もう細君のことは面倒なので「これこれ」としか呼んだことはなかったという。家でも外でもそれ一点張りで、名前すら一度も口にだしたことがない。名にし負うひねくれ屋だけのことはあるが、奥方のほうもこれに負けない豪のもので「よし、それなら」というので、名前を「瑚璉《これん》」と号することにしたというのである。高田保『ブラリひょうたん』でこれを読んだとき、わたくしは抱腹絶倒した。

（二〇一六年三月）

「頓」という字

「吾輩は猫である」と書き出された夏目漱石のいわゆる『吾輩は猫である』は、つぎがこうつづく。

「名前はまだ無い。／どこで生れたか頓《とん》と見当がつかぬ」

この「頓」にどこの文庫本も「とん」とルビをかならずふってある。まったく、ちっとも、といった意味の「とんと」はいまは死語になっているらしく、あまり耳にすることはない。東京は下町生まれの爺いであるわたくしは会話なんかではよく使うが、文字で「頓と」と書いたことはない。多分、漱石は彼一流の当て字で「頓と」とやったものではないかと疑っている。なぜなら、頓の字は誰もがよく知っているであろう言葉で「頓死《とんし》」がある。つまり、そもそもの意味は躓《つまず》くから転じた、突然に、にわかに、急に、ということが第一。それに、手紙の結びの言葉として昔はよく「頓首《とんしゅ》」と書いたように、首を下げる、お辞儀をする、の意で使われた。「いやあ、社長にがみがみ言われて閉口頓首《へいこうとんしゅ》したよ」なんて、飲み屋なんかでやっている人をよくみかけたものである。そういえば『吾輩は猫である』のなかの手紙にも「頓首九拝」という言葉があった。ように覚えている。

　が、頓の字で何といってもいちばん使われているのはトンマ、これも昔は当て字で頓馬と書いた。まぬけ、のろまなどと同義の語。『大言海《だいげんかい》』をみると「のろまノ転訛」と語源を説明してくれているが、『皇都午睡《みやこのひるね》』という江戸時代の本には「馬鹿者をとんちき」といい、この「とんちき」の「とん」と、「のろま」の「ま」がくっついて「とんま」という語ができたとあるそうな。

「『私は徹頭徹尾反対です……』と云ったが、あとが急に出て来ない。『……そんな頓珍漢《とんちんかん》な、処分は大嫌いです』とつけたら、職員が一同笑い出した」

　漱石『坊っちゃん』の一節である。このトンチンカンも、もちろん当て字で、こっちは鍛冶屋の相槌《あいづち》の音にもとづく。交互に槌を打っていっしょにはならないところから、この言葉ができたという。ヘエーと感心した。

　そのほか「頓智《とんち》」「頓才《とんさい》」とか「すっ頓狂《とんきょう》」とか「無頓着《むとんちゃく》」とか、頓のつく語にはどれもどこか愛嬌があり、何ともいえないユーモアがある。それで漱石は好んだのだな。

（二〇一六年四月）

欠伸という字

明治二十九年（一八九六）四月、夏目漱石は愛媛県松山市におさらばをして熊本県熊本市へ居を移した。中学校の先生から高等学校の教授への栄転である。東京へ行く高濱虚子《たかはまきよし》が松山の港から広島まで船旅を同行した。そしていよいよ別れのとき漱石は一句。

永き日や欠伸《あくび》うつして別れ行く

『漱石俳句研究』（岩波書店）で「洒脱《しやだつ》というか飄逸《ひよういつ》というか、兎に角先生の持っている仙骨《せんこつ》とでもいう様なものが出ていて面白い」と小《こ》宮豊隆《みやとよたか》がいえば、寺田《てらだ》寅彦《とらひこ》が「可《か》也《なり》無雑作に言ってのけている様で其実そう無雑作でもない所が面白い」と応じて、異口同音にほめている。

わたくしもまったく同感で、佳句であると思うし、ぽかぽか暖い春の陽を背中に浴びながら、日なたぼっこをしているときなど、ふと、この句が想いだされてきたりする。

春のうららかな日にのん気な船旅、大した話もないから退屈で漱石は思わずふわふわと欠伸をした、連れの虚子もつられて大欠伸。そんな楽しい情景を頭に描きながら、わたくしも負けずに欠伸を一つ。

と、この欠伸という字が気になってきた。これは当て字なのかな。

さっそく漢学者白川《しらかわ》静《しずか》氏の『常用字解』（平凡社）をひらいてみた。いわゆる欠席・欠点などの常用漢字「欠」のもとの字は「缺」で、欠伸の「欠」とはまったく違うとまず説かれている。しかも欠伸の欠はケツにあらずケンと読むとあり、「欠《けん》は前に向かって口を開いて立つ人を横から見た形で、あくびの意味。あくびし、背伸びをすることを欠伸《けんしん》という。欠《けん》と缼の常用漢字の形である欠《けつ》は同じ字形であるが、両者は何の関係もない字である」とピシャリ。ウヘェーとなった。

当て字なんかではない、堂々たる漢字なのである。となると、それを証明する唐詩か何かないかと例の如く探偵をつづけることになる。中唐の詩人白楽天《はくらくてん》の「暁寝」という詩をみつけた。

「枕を転じて重ねて安寝《あんしん》し、頭《こうべ》を廻《めぐ》らして一たび欠伸《けんしん》す」

枕を裏返してまた寝直し、頭の向きを変えながら大あくびを一つ、と詩人はのどかな春の朝寝の楽しみを詠《うた》っているのである。

ああ、春日遅々——。

（二〇一五年五月）

和製漢語のはなし

机の引きだしをひっかき回していたら、面白いメモがでてきた。いまの財務大臣兼副総理の麻生《あそう》さんが首相であったころに、漢字を読み違えて新聞やテレビで大いに揶揄《やゆ》された。そのときの漢字を後世のためにと思って抜きだしておいた。すなわち踏襲（フシュウ）、頻繁（ハンザツ）、未曾有（ミゾウユウ）、低迷（テイマイ）、決然（ケンゼン）、見地（カンカ）、基盤（キハン）、詳細（ヨウサイ）などなど、とにかくいっぱいあった。丸カッコ内は麻生さんが誤って読んだもの。もちろん、読者の皆さんは正しく読めると思うが……（?）。

書くまでもなく、近代日本は西洋文明に追いつけ追いこせで、それこそ血眼《ちまなこ》になってあらゆるものを摂取した。障害となったのは言語で、その違いを超えるため、すべて日本語に翻訳せねばならなかった。先人たちの奮闘努力がどれほどのものか、これは想像を超える。結果として、維新このかた大正七年（一九一八）ごろまでに新造語（和製漢語）がどしどしつくりあげられていった。

社会、経済、科学、汽車、野球などわたくしたちがいま何の感慨もなく使っている言葉は、西周《にしあまね》、福澤諭吉たち明治の先覚者によってつくられた単語である。なかには日本語の「こころくばり」「でばる」「ものさわがし」「かえりごと」に漢字をあてて音読みした「心配」「出張」「物騒」「返事」の類《たぐい》もある。

こうした新造語の大親分は森鷗外ではないか、と思っている。交響楽、詩情、空想、民謡、女優、長篇小説、短篇小説……。そう、わが漱石先生も言葉の開拓者よろしく新語をさかんにつくったひとり、とわたくしは勝手にきめている。不可能、価値、連想、打算、電力、無意識……、どれも『吾輩は猫である』にでてくる。鷗外も漱石先生も、とにかく一所懸命に後世の日本のためにやっている。これらはそれ以前になかったことは古い辞書をみれば即座に理解される。いや、いくらかは、わたくしの買いかぶりもあるかもしれないが。

こんな鷗外・漱石時代のきちんとした意味のある言葉をつくる苦労も知らないで、いまは勝手《かって》気《き》儘《まま》に新しい言葉をポンポンとこしらえ、さっさと捨てていく。横文字まじりの略語の氾濫に爺いは眼を白黒させている。せっかくの日本語の語彙《ごい》が貧しくなるのは、日本の財産が貧しくなるのと同じである。

（二〇一八年五月）

露伴『五重塔』のモデルは

幸田露伴の『五重塔』を、昔から愛読している。名人気質《かたぎ》の貧乏大工のっそり十兵衛が、朗円上人の知恵を得て、塔の建造に心魂を打ち込む。それをやさしく見守る川越の源太。この二人の雄々しい、職人魂の争闘の物語。

落成式を前に大暴風雨となり、倒れるのではないかとまわりは騒ぐが、十兵衛は「風が吹いたとて騒ぐには及ばぬ」「塔は大丈夫倒れませぬ」と胸を張っていう。

日本の塔の建築技術（懸垂式心柱《けんすいしきしんばしら》）は、地震にも台風にもビクともしない。その典型がこの露伴の小説のモデルとなった東京は谷中《やなか》の天王寺（小説では感応寺）の五重塔である、と教えられ、中学生のころしばしば訪れて、仰ぎ見たものであった。総けやきの素木《そぼく》造りのがっしりした武骨な姿ながら、美しい塔ですっかり感じ入り、いらい全国の五重塔や三重塔を訪ね歩くのをわが趣味とするようになった。

東北地方では山形県の出羽《でわ》三山《さんざん》神社と善宝寺《ぜんぽうじ》の五重塔、青森県の最勝院《さいしょういん》の五重塔。関東地方では横浜三渓園《さんけいえん》にある旧燈明寺の三重塔、千葉県市川市の法華経寺《ほけきょうじ》の五重塔と成田山新勝寺の三重塔、栃木県は日光東照宮の五重塔や益子《ましこ》町西明寺《さいみょうじ》の三重塔。仰ぎ見たのはほかにもある。中部地方は長野県の信濃国分寺、大法寺、前山寺《ぜんさんじ》、そして安楽寺の八角の塔がすこぶるよろしい。と日本中をやっていると紙幅が足りない。

さて、肝心の谷中の、最高の思い出の五重塔であるが、いまはない。その礎石のみが数多くのお墓にかこまれて見捨てられたように残っているだけ。昭和三十二年（一九五七）七月六日の払暁《ふつぎょう》、轟音《ごうおん》を発して燃え上がり、火の勢いが絶頂に達すると、太柱、長梁《ながはり》、厚《あつ》框《がまち》がいっせいに白熱の火を噴きあげ、塔は豪快荘重な幻想美を空高く描きだして、焼け落ちたのである。

そして焼け跡に男女の死体があって、放火して心中したものと認定された。人のおごそかな死にケチはつけたくはないが、『五重塔』をいまも読むたびに、不届者《ふとどきもの》めと少しく腹立たしくなっている。

ここで話を、突然に変えると、いまは書店に行くと出版各社の文庫本で棚はいっぱいである。読書人はせいぜい文庫を読むだけ、といわれていたが、露伴の『五重塔』を読む人がいるかどうか。いや『五重塔』だけでない。その文庫本もいまや手にとる人もなく……。いや不景気な話はそれまでとし、「真理は万人によって求められることを自ら欲し、芸術は万人によって愛されることを自ら望む。……」の宣言で知られる岩波文庫が、文庫本の大先達として創刊されたのが昭和二年（一九二七）七月十日。『五重塔』は実はその記念の第一回配本のなかの一冊であったのである。単なる愛読者にすぎないものが得意になっても仕方がないが、やっぱり特記しておきたい。

（二〇一九年七月六日）

貧乏神のこと

夏目漱石の俳句に、ちょっとわかりづらいのがある。

　梅の花貧乏神の祟《たた》りけり

明治三十二年（一八九九）、熊本の第五高等学校（現、熊本大学）の英文科教授時代の作である。

慶応三年（一八六七）生まれの漱石はときに三十二歳。結婚して長女筆子が生まれる直前のころの作で、そんなに貧しかったわけでもあるまいから、この句は、春がきたというのに貧乏神に祟られて、ロクに花もつけないでどこかしょんぼりしている梅を詠んだもの、といままでずっと解してきた。

いやそうではないのかな、と近ごろは思い直している。これはやっぱり自分自身のことを漱石は詠んでいる、としたほうが正しいのかもしれない。

というのも、漱石その人は生涯をとおしてそれほど裕福ではなかったからである。なるほど、のちに小説家になって、どんどん売れる作品を書いて稼ぎまくったように一般に思われている。実情はそんなものではなかったらしい。いくら稼いでも、子供は七人、訪れてくる門下生の数はふえるばかり、しかも貧しいやつがかなりいて、借金をやたらに申しでる、しかも自分も丸善から高い洋書を際限もなく買い求める、とてもものこと生活は楽はできなかった。夏目漱石家ががぜん豊かになったのは、正しくは漱石の死後のことであったのである。

そんな自分の人生のさきのことを見越して、もう熊本時代に、寒風にぶるぶる震えながら咲く梅の花を眺め、鬱々として楽しまざる日々を花に託して嘆いて詠んだもの、とわたくしはそう解釈することにしている。

それにしても、この貧乏神という神様、まこと不思議な存在ではあるまいか。賀正とか賀春とか謹賀新年とか書く「賀」の字は財宝を示す貝に「加える」意味を示す加を合わせた文字で、財宝を高く積み上げること。であるからメデタイのであって、これはわかる。その反対に貧は財宝を分散してしまうことであるからメデタイはずはない。それに諸事とぼしいことを意味する「乏」がくっつく。そんなやるせない境遇にある存在を、神様にしたててあがめたてまつるとは、何とも妙な話で、この貧乏神という神さまはほかの国にはない日本独特のカミではないかと思っていた。

それで調べてみたら、この神様のそもそもは室町時代からこの国に出現したようである。それ以前には存在せず、それ以後の説話集などに面白おかしくしきりに登場する。なかで、愉快なのは何といっても江戸時代の貧乏神。ほんとうに沢山《たくさん》ある小ばなしの中の、とびきりおかしな神様のことを紹介する。

「ある夜、色黒のひょろひょろに痩せた貧乏神が天井から落っこちてきた。この野郎めとばかりに、家の人たちがさんざんに殴りつけると、奴《やつ》メはこうぬかした。『あんまり傷《いた》め給うな。この家《や》に住んでいるのは俺だけじゃない。大勢の仲間がこの狭い家の天井裏におるんだ。それで押し合いへし合いしてついに落ちてきたものなり』と」

　さてさて、借金大国のいまのわが日本列島の上空では、貧乏神たちが押しくら饅頭《まんじゅう》をしているのか？　まさか。

＊

　ところが、なんである。つい最近になって、中国の唐の時代の漢詩を寝ころんで読んでいたら、エッと思う作品にぶつかって、思わず起き直った。姚合《ようごう》という比較的やさしい詩をつくる中唐の詩人の「晦日《みそか》に窮を送る」という題の五言絶句である。読み下してみる。

「年年、此の日に到れば、酒を瀝《そそ》ぎて街中に拝す」――毎年、この一月三十一日が来ると、酒をそそいで外に向かって礼拝する。

「万戸千門を看《み》るに、人の窮を送らざるはなし」――どこの家もみんなこうやって〝窮〟（貧乏神）を送りだしている。

「窮を送るも窮は去らず、相泥《なず》みて何をか為《な》さんと欲す」――それなのに貧乏神どのは去ろうとはせず居つづけている。こりゃあ、よっぽどわが家の居心地がいいのかいな。姚合は九世紀ごろの詩人。となると、室町時代よりもはるか昔に、中国には「窮」すなわち貧乏神がいたことになり、一月末にその貧乏神を追い払う行事があの国にはあったことになる。これにはびっくり仰天《ぎょうてん》。さては、かの国から追いだされた連中が、海を渡ってわが国へやってきたのかと、あらためて考え直すことにした。

そういえば、いま、孔子の『論語』に、貧しさをむしろ謳歌《おうか》するような教えのあったことが思いだされてきた。中学生時代に習ったものではなかったか。原文を引く。

「子曰。飯疏食飲水。曲肱而枕之。楽亦在其中矣。不義而富且貴。於我如浮雲」（述而篇）
貧乏神はかならずしも毛嫌いするものにあらず、と孔子はのたもうているようである。

宮崎市定先生の訳をかかげる。

「子曰《いわ》く、冷や飯をかきこみ、水を飲んで汁の代りとし、肱を曲げてその上に頭をのせてねる。そういう生活の中から楽しみが自然にわいて出るものだ。人に迷惑をかけて金をため、胡麻《ごま》をすりながら地位を得ている人は、私から見るとそんなものは流れ雲みたいな不安なものだ」

ご立派なご託宣にへへェーと頭を下げるほかはないが、妙に背のびして有名になったり、小銭をあくせく稼いでいるよりも、人生は悠々閑々、時に貧乏神とチクと一杯やったりするほうが楽しいかもしれないと、老骨になって近ごろ思ったりしている。

漱石の俳句にこんなのもあった。

　夫子《ふうし》暖かに無用の肱を曲げてねる

佳句とはいえないが、わたくしもしょっちゅうやっているので、気に入っている句なのである。

（二〇一五年三月、二〇一七年二月）

雅号の遊びごころ

実名を明らかにしたくないという西欧の流儀からきたのであろうか、昨今の新人作家のなかには、首をひねりたくなるペンネームの人がいる。

そのむかしの日本には伝統的な文人趣味に根ざした雅号というものがあった。雅号のもともとは中国の宋時代の末期にはやった。それが江戸時代の日本に伝わってきたゆえ、はじめから趣味趣向、一種のシャレ、つまり遊びごころというものであった。

俳人の与謝《よさ》蕪村は丹後の与謝村の人で、有名な蕪の産地で産まれたから蕪村と号した。戯作者の山東京伝《さんとうきょうでん》は通称を伝蔵といい、京橋に住んでいたから京伝。膝栗毛《ひざくりげ》の十返舎一九《じっぺんしゃいっく》は、通称が幾五郎、幾は一九に通じ、一と九で十になるからというのである。

明治になって、ロシア文学者・作家の二葉亭四迷《ふたばていしめい》は、悪ガキでしょっちゅう親爺に「てめえみたいな奴《やつ》あ、いっそのことクタバッテシメエ」といわれていた。それを想いだして命名。

作家泉鏡花は、多くの人の知る「鏡花水月」という詩文からとった。鏡に映る花や水の中の月は幻影で、解ったような解らぬような、朦朧《もうろう》こそがわが文学とシャレたのである。

俳人内藤鳴雪《ないとうめいせつ》は鳴く雪なんて風流そのものの感があるが、本当は「ナリユキまかせ」の達観であり、またその居を「老梅居」といったのも、青山の家に梅の老樹があったからというのは嘘で、年じゅう借金とりに追い回され、うろたえているばかり、即ち「狼狽《ろうばい》居」の意味であった。

劇作家島村抱月は蘇東坡「赤壁賦《せきへきのふ》」の「抱明月而長終」の詩句から採ったというが、実は「ダキツキたい」が本音のところであったとか。

なかでも、わたくしが好むのは、作家の樋口一葉。彼女は父が事業に失敗し病死するという不幸に見舞われ、裁縫や洗い張りで生計をやりくりし、困り果てると質屋通いという貧窮な青春時代を送った。で、作家として身を立てるにさいして、ちょっと考えたという。フムフム、そのむかし達磨大師がインドから中国へ行くとき、芦の一葉に乗って行ったという伝説がある。これにしよう、達磨さんにはオアシ（足・銭）がない、と大いにシャレたのである。切なくもユーモラスな雅号がじつにいい。

（二〇〇八年四月）

知らぬ顔の半兵衛

幸田露伴、といっても知らない人が多いであろうが、とにかくものすごく博学な、敬服すべき物書きであった。その露伴の作品に『当流人名辞書』というまことに面白く楽しい辞書がある。内容は、権助、三助、おさん、おなべというような、普通名詞として使われている人名を三百五十四も集めて、それを解説したもの。

たとえば〝おかめ〟。「美しからぬ女を指していう。されど憎むべきようなる方《ほう》の醜きをば『おかめ』とは云わぬ習いにて、可笑《おか》しきようなる方の醜きものを『おかめ』というなり」

あるいは〝やど六〟。「夫をいう。やどは宿の義、六は甚六《じんろく》図武六《ずぶろく》の類の六なるべし。卑みて云う場合に用いらるる語なり。江戸語。東京語」

といった調子である。

これを読みながら、そうか、オレは長男に生まれたので小さいときに、長男の甚六といわれたが、あれはボヤーとしていたのでさげすんでいわれたのか、といまごろになって悟ったりしている。そういえば、江戸ッ子は上方の人を卑しめて「才六《さいろく》」「贅六《ぜいろく》」というし、酔っぱらいは「どぶ六」。「久六」といえば下男を指し、間抜けな人をののしって「表六《ひょうろく》（又は兵六）玉」というな。どうやら六のつく名に、それこそロクなのはないな、とこの本を読んであらためて勉強したりしている。

話は露伴から離れるが、姓が半藤ということから、若いころ「知らぬ顔の半兵衛」に発して半兵衛と呼ばれたりした。それで調べたことがあり、こっちの方の出処にたしかな故事があることにちょっとびっくりした。

尾張の織田信長と美濃の斎藤竜興《さいとうたつおき》が戦っていたときのこと。信長が家来のイケメン前田犬千代《いぬちよ》（後の利家《としいえ》）をうまく使って、斎藤方の軍師竹中半兵衛の娘の千里《ちさと》と深くちぎりを結ばせ、それを利用して、病気で引籠っている半兵衛をくどいて味方にしようとした。ところが半兵衛はさる者で、知ってて知らぬ顔で、逆に犬千代をあざむき、織田方の内情を巧みに引きだし、作戦をスパイして合戦で勝ちをおさめてしまう。そこに「知らぬ顔の半兵衛」の起りがあったというのである。

いらい半兵衛と呼ばれると、ホイホイといい返事をすることにした。

（二〇一八年二月）

第三章　うるわしの春夏秋冬

「花より団子」のとき

桜花爛漫《おうからんまん》の季節、老骨もごく自然に心うきうきとするのは妙なもの。と恰好《かっこう》いいことをいいながら、実は爛漫たる桜花の風流に関係なく「酒なくて何の憂き世の花見かな」とひそかに思っているのであるから、世話はない。花をいくら愛《め》でてみても、酔っぱらわないし腹の足しにもならない。今の時代の人間というやつは、どうも経済という問題を棚にあげていたのでは、情けなや、何一つ話がすすまない。「武士は食わねど高楊枝《たかようじ》」なんていうが、これまた一種の見栄であって、浪人は内職をして、日々の糧《かて》を得ようとしていた。とにかくいまの世の中、金儲け経済が大事のようである。

ところで、この経済という言葉である。もともとは中国の古典にある。しかも経国済民《けいこくさいみん》、あるいは経世済民の略語として。唐の詩人李白《りはく》の詩に「問うに経済の策を以てすれば／茫として煙霧に墜つるが如し」という詩句がある。この経済の策は、金儲けの策なんかではなくて、世を経《おさ》め民を済《すく》う方策ということ。日本でも、江戸時代の経済は同じように、経国済民の意で使われている。たとえば、太宰春台《だざいしゅんだい》の『経済録』は、エコノミーの学にあらず、むしろ政治学の著作なのである。

で、いまのエコノミーを意味する経済なる言葉は、どうやら西洋文明が入ってきてからの明治日本の発明らしい。「歩いたほうが経済的だ」とか、「わが家の経済は火の車だ」とかと、明治人が少々得意になって使いだし、今日ではそれがもっぱらの意となる。少しは本義にもどって、おのれの功利的な面のみを重んじることなく、天下国家のために経済問題を考えてほしい。

なんて偉そうなことを申し上げているそばから、でもな、やっぱり「腹がへっては戦さはできぬ」ものよ、と元へ戻って思ったりする。言葉探しでいえば、この名言は歌舞伎芝居の『義経千本桜《よしつねせんぼんざくら》』の吉野山道行の場面に出てくる。静御前《しずかごぜん》を捕まえにいって、狐忠信《きつねただのぶ》にコチンと手痛い目にあわされる早見藤太《はやみのとうた》が、リズミカルにいう。舞台には花がチラチラ、美しきかな。

「とかく戦さというものは、腹がへってはできぬもの。そこらに茶屋があるならば、飯《まま》を炊かせろ、合点か」

やっぱり「花より団子」、この世の風流韻事《ふうりゅういんじ》は衣食足っての上での話と、花の季節には思ってしまうのである。

（二〇〇三年五月）

西行法師の大往生

もういっぺん、桜花爛漫のはなし。昔は、桜の花を眺めながらすぐに芭蕉の句を口ずさんだりした。

さまざまの事おもひだす桜かな

入学、卒業、初入社、結婚、あるいは転勤と、人さまざま、人生の悲喜こもごもが桜と重なって思い出となっていることが多いであろう。

いま、間もなく八十六歳になる爺さまとなっては、芭蕉の句よりも一茶の句のほうがぴたりとする。

いざさらば死に稽古せん花の陰

死に支度《じたく》いたせいたせと桜かな

桜も今年で見納めかいなと、そんな悲痛な、なんてことはない。「そろそろ死に稽古せねばなるまい」と、むしろアッケラカンとした想いでただ眺めるのである。八十歳を超えてから感傷的に眺めたりなどついぞしたことはない。ついでに西行《さいぎょう》法師の歌を低音で朗誦したりして楽しんでいる。

　　願はくは花の下にて春死なむ
　　その如月《きさらぎ》の望月のころ

この鎌倉時代初頭の歌人は、文治六年（一一九〇）二月十六日、河内国の弘川寺《ひろかわでら》の草庵で亡くなった。それは正しくその願ったとおりの如月（二月）の満月のころに、この歌のとおり桜の花の下で大往生したと、同時代の記録はみんなそう伝えている。へへエーと感服するそばから、でもそいつぁおかしいんじゃないか、とずっと疑問を捨てきれないでいた。

如月は旧暦の二月で、太陽暦にすれば三月。とすれば旧暦二月十五日の望月（満月）のころは、いまの暦に直せば三月十五日、これじゃいくら河内国（大阪府）でも桜はせいぜい蕾《つぼみ》がふくらみかけるぐらいで、「花の下にて」というわけにはいかぬのではあるまいか。

この疑いを晴らすべく調べてみた。いやァ、恐れ入りました。西行がこの歌を詠んだ前年の文治五年（一一八九）は、四月が二度あった。すなわち四月のあとに閏《うるう》四月があり、それ以降の月は例年より一カ月近く遅れてやってきていたではないか。そして年が改まっても旧暦の遅れはそのままで、文治六年の二月十六日は太陽暦で三月三十日でござった。これなら弘川寺の桜はたしかに開いていたにちがいない。

　それにお釈迦《しゃか》さまの亡くなったのは二月十五日。敬虔《けいけん》なる仏弟子でもあった西行は釈迦の命日に死にたいと願った。その日は間違いなく満月、きっと桜も開花しているだろうと。花と月と仏と。その歌のとおりに、西行法師はなるほど、大往生であったのであるな。まことに、まことにうらやましい。

（二〇一六年五月）

「四睡」のいびき

「春は猫もネズミを捕ることを忘れる」と昔からいわれるほどのうららかさ、人間もついうつらうつらとなる。何やら夢かうつつかの間を彷徨《ほうこう》している、つまりはそれが人生というものか。

　このうつらうつら、つまりうたたねを詠った与謝蕪村の一句がある。

「うたたねのさむれば春の日暮れたり」で、酔生夢死のうつら心をうまく暗示しているところにこの句の価値がある。八十余年の人生、ふと気がつけば陽は西山《せいざん》に傾けりで、この蕪村句はなかなかの名句と思われてくる。

蕪村からの連想で、松尾芭蕉の、

　月か花か問へど四睡《しすい》の鼾《いびき》かな

という句が想いだされてきた。月と花は風雅の代表的なものとわかるが、これを問うた「四睡」とは何か。さっぱり見当がつかない。こんなときは辞書がいい、ということで『広辞苑』（第三版）をみると、〔画題〕だそうで、「豊干《ぶかん》・寒山《かんざん》・拾得《じっとく》が虎とともにねむる図が多い」とある。そこで斎藤隆三著『畫題辞典』（博文館）を探してきてひらいてみると、

「在るもの皆睡に就き、天地静寂、禅界の妙悟證空の帰着を示せるものを図に表はしたるなり」

とあって、『広辞苑』と同じ説明があり、それだけでない例を示している。

「或は羅漢《らかん》・侍童《じどう》及龍虎の睡れるを写せるものなり。其他変態のものも少しとせず」なんだそうである。

芭蕉はもちろん豊干・寒山・拾得と虎のほうに問いかけたのであろうが、何も答えてくれず、ただ鼾のみが返ってくるというのである。ただ眠るだけというところに禅味を感じるのに、その上にゴウゴウと鼾をかいているのが真の禅の悟りなのか。いや、禅宗の坊主どもが、ただ、いぎたなく眠っているだけなのではないか。

いずれにしても禅俗すれすれのユーモアがあり、そのすれすれのところがつまりは禅の妙味というもの。そして芭蕉句の妙味もまたそこにある。風雅の象徴の月と花は、連句においても特別扱いされて月の座・花の座という指定席がある。そのどちらかねと問うたのに、答えは「鼾」のみ。

なんてわけのわからないことを考えていたら、春の陶然たる気分に誘われて、いつかわたくしも鼾をかいていた。

（二〇一五年五月）

春はうららかにあらず

四月の声を聞いて陽気がポカポカしてくると、向島生まれの下町ッ子は、さっそくにも浅草側の隅田公園に建っている記念碑を訪れたくなってくる。武島羽衣《はごろも》の作詞を、滝廉太郎が明治三十三年（一九〇〇）春に作曲した有名な「花」の碑である。

　春のうららの隅田川
　のぼりくだりの船人が
　櫂《かい》のしずくも花と散る
　ながめを何にたとうべき

小学校六年間をとおして、唱歌「丙《へい》」の、わたくしだってまずまず歌える名曲で、読者の皆さんもきっと歌いたくなってくるであろう。


その昔、編集者であったころ、神戸三宮の居酒屋で、それこそしばしば作家の田辺聖子さんと夜の更けるまで呑めや歌えやをやったものである。そんなある夜のこと、

「半さんも呑んでばかりおらんと、何か歌うたらどや」

といわれ、「よっしゃ」と勇みたちこの「花」を歌った。と、田辺さんがびっくりするようなことを言った。

「その歌のもともとに『源氏物語』があるの、ご存じだっしゃろか」

まったく存じなかったので、これにはただ目を丸くするばかり。田辺さんは『源氏物語』の大家らしく、あとはニコニコするだけでよう種あかしをなされない。答えを聞くのも癪《しゃく》で、そうなればあとは探偵よろしく自分で調べるほかはないと覚悟をきめた。あれから幾星霜《いくせいそう》（？）の奮闘努力、というか、このむつかしい古典をひらき悪戦苦闘をして、このほど探し当てることができた。

岩波文庫『源氏物語』の「胡蝶」の巻、六条院の宴のところ。回廊をめぐる藤の色のこまやかに、池に影を映した山吹もいまを盛りに咲いている。そんな美しい風景のなかで、女房のひとりがうたうのである。

　春の日のうららにさして行《ゆ》く舟は
　　棹のしづくも花ぞ散りける

ハハーン、これなん、「花」のやんごとなき源《みなもと》ならんかと、探しいでていと嬉しきことにこそ侍《はべ》るなれ。

と、まことにいい気分になったが、その後ご無沙汰している田辺さんには、まだ発見の報告をしていない。

それはともかく、こんな風に日本の文学（とくに詩歌）には、いわゆる〝踏まえる〟といい、裏に古典が隠し味としてひそんでいる場合が多い。それに気づかぬとえらく恥をかくことが多いのである。

（二〇一九年四月六日）

茶壺ニ追ハレテ……

わたくしの好きな蕪村の句がある。

高紐《たかひも》にかくる兜《かぶと》や風薫る

薫風《くんぷう》の五月ともなると、ごく自然に思いだされてくる。

いまではだれも疑問だにしなくなっているが、日本人が風が薫るということに夏の季節感、風情を感じはじめたのはいつのことか。それは室町時代からのちであるという。それまで風そのものが薫るのではなく、花々の香がこめられて匂い立つと思われていた。

花の香がこめられてで、もう一つ、想い出されてくるのが広沢虎造の浪花節「石松金毘羅代参」のさわり。

〽旅ゆけば、駿河の道に茶の香り、名代なるかな東海道……

悪ガキのころにさんざんうなってみせて、大人たちを驚嘆させたが、いまでもやれといわれれば、一席、お粗末ながら、やれないこともない。いや、今回はそんな自慢話ではなく。五月、薫風、新茶の香りから「ズイズイズッコロバシ、胡麻味噌ズイ、茶壺ニ追ハレテ、トッピンシャン、ヌケタラドンドコショ……」と、口をついてでてくるこの歌である。

近ごろは聞いたこともないが、われいまだ悪ガキなりしころ、さんざん歌ったものである。同じ体験をした人も多かろう。意味はさっぱりわからない。徳川将軍様に献上するお茶壺道中の歌と教えられた覚えがある。それでこんどちょっと調べてみて、この道中がとてつもなく大袈裟《おおげさ》なものとわかって、腰をぬかさんばかりびっくり仰天した。なぜいままで知らなかったのだろう、と思ったくらい江戸っ子にはなじみであった。

たとえば元禄二年（一六八九）のそれは、茶どころの宇治を出発して、中津川、下諏訪、勝沼などを通って、江戸城につくまで、なんと、十三日もかかっている。付き添う人馬の数は、人足六百二十一人、伝馬五十頭の大行列ときたもんだ。

道中にそってある城下や宿場じゃ、これを送迎するのにとんだ大ものいり。不敬のないように道や橋の普請や掃除から草刈り。女子供の見物はダメで、これの警備に役人は総出勤である。てんやわんやで、道端に平身低頭する役人や町人や村びとたちの前を、お茶壺サマは威風堂々と通っていく。

ズイズイズッコロバシが、お茶壺道中にたいする民草《たみくさ》の精一杯の皮肉がこめられたわらべ唄とは知らなかった。

抜けたらドンドコショ、俵の鼠《ねずみ》が米喰ってチュー、チューチューチュー……と、そういえば意味不明ながら妙な文句がつづいていた。そして、おしまいが「井戸のまわりでお茶碗欠いたのダーレ」であった。

（二〇一三年六月）

紫陽花のこと

六月、うっとうしい梅雨の季節、雨に紫陽花《あじさい》がよく似合う。我が家の狭庭にも大きな紫陽花の木があって、見事な花をいくつも咲かせる。咲きはじめは緑色で、しだいに白色となり、盛りには青紫色になるのがふつうであるけれど、深紅色になるものもある。小さな花が集って球状をした花房は見事で、近よって一つひとつの小さな花をよくみるとまた別の趣きがある。

この花、じつは日本の原産で、アジは「集まる」こと、サイは「真藍《さあい》」の略だと教えられたことがある。ほんとかどうか確かめてはいない。

それにしても紫陽花とはうまく字をあてたものよ、と感心していたら、命名したのは唐の詩人の白楽天よ、といわれてびっくり。しかも、彼が紫陽花と名付けたのは別の、香ばしい匂いの紫の花で、いわゆる日本のアジサイとはまったく関係のない花だったんだと、裏の話を教えられて二度びっくり。

しかも白楽天の命名を誤訳したのが、平安朝中期の歌人の源順《みなもとのしたごう》。彼はアジサイが日本固有の花と気づかず、「そうよ、これが白楽天のいう紫陽花よ」と得意げに人びとに紹介したらしい。この人は『万葉集』に日本で初めて訓を加えたほど和漢の学に通じた学者で、日本最初の国語辞書『和名類聚鈔《わみょうるいじゅうしょう》』をつくり、『竹取物語』や『宇津保《うつほ》物語』の作者にも擬せられているとびきりの作家であるから、誰もが信じてしまった。

そういえば『万葉集』には安治佐為と万葉仮名で書かれているし、日本原産というのに、梅や桜などのように昔の日本人には好まれなかったのか、『源氏物語』や『枕草子』など平安文学にはでてこないし、江戸の生け花からも遠ざけられている。

幕末の学者佐久間象山《さくましょうざん》が伝馬町の獄舎で詠んだ歌があった。

　昨日今日明日と移ろう世の人の
　　心に似たるあじさいの花

　とにかく色の変化の多いことから花言葉もあまり有難いのがない。「移り気」「高慢」「ほら吹き」「威張り屋」ついでに「オッチョコチョイ」。

　ところがフランスの花言葉では、一転して、結構なものが多い。「忍耐強い愛情」「元気な女性」エトセトラ。ヨーロッパの六月はいわゆるジューンブライドで、雨も降らずに明るく快適な季節のためなのであろう。

　雨のとばっちりで紫陽花はどうも損をしている花のような気がする。めげずにわが家の紫陽花よ、今年も大輪の花をたっぷりつけて、行きかう人々の目を楽しませよ。

（二〇一七年七月）

土用の丑の日とは

七月二十日は土用の入りである。土用波、土用干し、土用の丑《うし》の日と、土用といえば夏だけと思っていたが、かつては春・秋・冬にもあったらしい。

昔の中国人は森羅万象を木火土金水の五つにわけることを思いつき、たとえば四季も春は木、夏は火、秋は金、冬は水と割り当てた。さて、土が余ってしまった。そこで春夏秋冬の終りの部分を十八日ずつ削って、それを土に用いた。それで土用といった。

中国民族というのは、昔からなかなか創意工夫に長《た》けている。航海術と火薬と鉄とを、世界でいちばん早く開発したのは中国人なのである。しかし、彼らはそれらを利用して世界制覇をしようなんて気は金輪際おこさなかった。後からその三つの術を手に入れて、植民地開拓に乗りだしてきたのはヨーロッパ人なのである。

わたくしが中国人や中国文化に魅力を感じるのはそんなところで、彼らには覇道はいけないという古くからの哲理がある。それを無上の約束事としてエンエンと何千年も守り通してきた。この連綿不断がまた、中国人のいいところにしておっかないところで、容易に忘れてはくれない。風の吹くままにケセラセラの日本人には無縁なのである。もっとも近ごろ共産主義の中国は、それも大分怪しくなってきているが。

が、そんなちゃっちい政治論ではなく、土用とくればウナギである。日本で土用の丑の日にウナギを食べる風習は、平賀源内（一七二八～七九）か大田南畝《なんぽ》（一七四九～一八二三）がその宣伝文を書いたとか、入れ知恵したことに始まるといわれているが、どうやら不明としたほうがいいらしい。ただし、文政七年（一八二四）刊の『江戸買物独案内《えどかいものひとりあんない》』では、神田和泉橋通り春木屋善兵衛の看板に発するとあるが、これはたしか。「丑の日　かばやき所　元祖」と麗々《れいれい》しく書かれてあった。

　なぜ丑の日なのかは不明。なれど、ともかく夏土用の丑の日には、昔の人は「ウ」の字のつく瓜や梅干しを食べ、牛に水浴させて休ませ、丑湯と称してゆっくりと入浴した。灸をすえ（土用灸）、蜆《しじみ》（土用蜆）や餅（土用餅）も食ったりした。要するに夏土用は最高に暑いとき、熱帯夜がつづく、そんなときは精のつくこと、体力増強に大いにつとめよというわけなのである。

（二〇一五年八月）

三という数字

東京は夏祭りの季節である。五月十五日の神田祭が終わると、六月十五日の山王祭。そして八月十五日の深川富岡八幡祭り。これを昔は江戸三大祭りといって、江戸っ子はやたらと勇み立った。近ごろも祭り復活で往年以上の賑《にぎ》わいをみせているらしい。らしい、と書いたのは、老骨となり、神輿《みこし》の渡御にも芸妓の手古舞《てこまい》にも鳶《とび》の木遣節《きやりぶし》にも、トント勇み立つこともなく、近ごろは実見したことがないからである。

その三大祭りからの連想であるが、日本人は三という数字がすこぶるお好きであるような気がする。ことわざにも、三日坊主、石の上にも三年、仏の顔も三度、小糠三合あったら婿にいくな、棹は三年櫓《ろ》は三月《みつき》、とキリがないほどある。出世するには運・鈍・根が必要、というのも三つの「ん」であるし、夜目、遠目、傘のうちのとき女性が美しく見える。これも三である。

郷土玩具でよく見かけるのが三匹のサル。見ザル・聞カザル・言ワザルの三ザル（猿）

主義は、日本人の処世術となっている。

もっともこの三匹のサルは、はじめは、人の短所をみない、人の非を聞かない、人のあやまちを言わない、という道学者の戒《いまし》めであったようである。これなら立派な人生観である。ところが、猿も日々に疎《うと》しで、原意はすっかり忘れられた。かわりに、いつか卑俗化して、身の安全のためには、自分に関係ないことには三ザル主義をとった方がいいと、なんとなく功利的な処世訓としていま残っている。困った誤読であることよ。

もう一つおまけに、中国の三を。

ここでも孟母の三遷、『三国志』の三顧の礼と、有名なのがあるが、それよりこの話のほうがよろしかろう。中国は昔、晋の時代に左思《さし》という学者が「三都賦《さんとのふ》」という名文を書いた、という話がある。印刷術のない時代なので、それを読みたい人たちは盛んに写した。写すためには紙を買わねばならぬ。どんどん紙が売れたため、晋の都・洛陽の紙の値段がものすごく高くなった。これを「洛陽の紙価を高める」といった。昔はベストセラーなどをいうときに、しきりといわれた。

近ごろのように本を読まない人がふえてくると、この言葉もいまや死語になってしまう。なにとぞこの名言をもう一度蘇らせたまえ、である。

（二〇〇六年八月）

紅という文字

朝晩がめっきり涼しく感じられるようになった。「初涼」「やや寒」とか「うそ寒」と俳句の季語ではいうが、初秋のさわやかな快《こころよ》い寒さ。俳人の稲畑汀子さんによれば「うそ寒のうそは薄のなまりで、うすら寒い」ということらしいが、なるほどと思わせられる。

少々とんちんかんなわたくしは、こうなるとすぐに『小倉百人一首』の猿丸大夫の作として知られる有名な歌、

奥山に紅葉踏みわけ鳴く鹿の
　声きくときぞ秋はかなしき

を口誦《くちずさ》んだりする。それで、おいおいまだ早いぞ、緑の葉が紅葉しはじめるのは、だいたい最低気温が六～七度になってからだよ、と植物好きの友にたしなめられたりしている。

ところで、いま気になっているのは「こうよう」とも「もみじ」とも読む紅葉の、この「紅」の文字なのである。これは黄葉とも書く。というよりも、万葉の時代にはほとんど

が黄葉で、紅葉が多くなるのは王朝時代から。そのことに気づいてから、紅の一字をじっと見つめていると面白いことに気づいた。手弱女《たおやめ》がそそとして忍び泣く涙のことを表現して「紅涙《こうるい》」という。八十爺いのわたくしの涙には金輪際使わない。

フフーン。さては紅の字は女性と切っても切れない関係にあるんだな。それで漢和辞典をひらいてみたら、紅閨《こうけい》、紅裙《こうくん》、紅灯《こうとう》、紅唇《こうしん》、紅黛《こうたい》、紅帳《こうちょう》、紅粉《こうふん》、紅粧《こうしょう》、紅頬《こうきょう》、紅裳《こうしょう》……と山ほどありました。困ったのは紅顔可《こうがんか》憐《れん》という言葉、これは男性にも用いる。でも、あとにかならず美少年とくるから、女性みたいなイケメンにだけあてはまる。やっぱり女性がくっついている。

王朝時代は女性文学の華開いた時、紅が黄にとって代わって大事にされた理由が何となくわかった。

そういえば、もう三十年も前になるか、中国は西安の郊外の華《か》清池《せいち》という温泉にいったことを思いだす。ここは唐の玄宗皇帝と楊貴妃のロマンスで有名なところで、そこに楊貴妃が入浴したといわれている石風呂があった。美しい牡《ぼ》丹《たん》の花柄の楕円型の浴槽で、わたくしも特別にひと風呂浴びさせてもらった。「温泉水滑らかにして凝脂を洗ふ」という中国の古詩を口ずさみながら、汗を拭き拭き出てくると案内の中国青年がいった。

「楊貴妃はここに入って紅の汗を流して、玄宗帝の寵をほしいままにしたといいますが、先生の汗は黄色ですな」

（二〇一四年十一月）

女心と神無月

そよりともせいで秋立つことかいの

江戸時代の俳人・上島鬼貫《おにつら》の句である。ほんとうに十月になると、そよりとあたりは秋らしい景色となる。さあ、皆さん、読書の秋ですよ、と昔の如く大声をだしたくなる。

秋と春とどっちが好き？　と問われて、秋と答える人は「平安情緒派」で春と答える人は「万葉叙情派」なんだそうで、わたくしはどちらかというと「平安情緒派」。秋に心と書けば「愁《うれい》」となる。なるほどね、と思うが、愁いなんかには縁はないノホホンとした男なのに。

秋とくると、かつては「女心と秋の空」といった。秋の天気は変りやすいことから、女性はすぐ変心するという意なのであるが、ほんとうは「男心と秋の空」が正しいのである。『広辞苑』にも「男心……」とある。

それがなぜ「女心……」に変心してしまったのか。これがなんと、オペラ「リゴレット」の中の「風の中の羽根のように、いつも変る女心」の歌が大流行してから、突如として、変りやすいのが女心になってしまったという。正しいかどうか保証のかぎりではないが、巌《いわお》をも貫く一念なんて出会ったためしがないから、どっちもどっちか。

そういえば、陰暦十月の異称として、昔はよく神無月といった。春の農事がはじまると神はかならず降りておいでになり、秋の農事が終れば帰っていかれる。それで神がいなくなる。じゃあ、どこにいってしまわれるのか。それは出雲である。という出雲神集《つど》いの伝説が一般に定着したのは、平安朝も末のころからなんだそうな。

ところが、先日『徒然草』を読んでいたら、そんなことを「記したる物なし。本文《もとふみ》も見えず」とあり、「この月よろづの神達太神宮へ集り給ふなどいふ説あれども、その本説《ほんせち》なし」と真っ向から否定している。これにはぶったまげた。しかもこの太神宮とはお伊勢さまのことではないか。

いったいどうなっているんだと、目を白黒させて調べたら、どうも古神道ではもともと神無月などという考え方はなかったらしい。そこで農耕が終ったあとの神々の慰労に結びつけて出雲大社にみんな集めたのは、出雲の布教者たちの抜け目のない知恵であったようなんである。ついでに婚姻の神様にも相なった。

この世のこと、何がキッカケでどう変るのか、まったくわからない。

（二〇一五年十一月）

「ほろほろ」と散る

『玉葉和歌集』に行基《ぎようき》菩薩の作といわれている有名な歌がある。もっとも、〝有名な〟と書くのはこの和歌集によってではなく、鴨長明《かものちようめい》の『方丈記』に引用されているからで、大ていの人はこっちのほうで読む機会があり、記憶にとどめているのであろうが。

山鳥のほろほろと鳴く声聞けば
父かとぞ思ふ母かとぞ思ふ

歌そのものは説教がましくて、それほどいい歌とは思えない。それをなぜとりあげるのかといえば、清少納言の『枕草子』をぱらぱらしていたら、ふと「ほろほろ」という言葉にぶつかって、へエーという声が思わず出たゆえに、なんである。

「九月つごもり、十月のころ、空うち曇りて風のいとさわがしく吹きて、黄なる葉どものほろほろとこぼれ落つる、いとあはれなり」

　行基の歌ではないが、そもそも和歌の世界では、平安朝や鎌倉期においては、「ほろほろ」はすべて雉子《きじ》や山鳥の鳴き声の擬声語としてしか使われていない。あるいは、そこからの連想として、人がさめざめと泣くときにも用いられている。いや、さめざめではなくて、鳥も人もホロホロと声をあげて、ひたすら哭《な》くのである。さめざめなんてかなり探してみたが、まったく見つけることはできなかった。

　たとえば紫式部の『源氏物語』であっても、登場人物は、じつにしばしば「ほろほろと」泣いている。ほかの使い方はしていない。たとえば「須磨」の巻で朧月夜《おぼろづきよ》の尚侍《ないしのかみ》が朱《す》雀《ざく》帝の前で、配所にある光源氏のことを偲んで泣いているところ。

「（朧月夜は）ほろほろとこぼれ出づれば、（帝が）『さりや。いづれに落つるにか』とのたまはす」

　といった風にである。

なのに、同じ時代でありながら、清少納言は樹々の葉っぱの舞い落ちる形容としてこの言葉を使っている。秋がやってくると、樹々の葉が黄色くなってやがて風に吹かれて、とにかくどんどん落ちていく。清少納言はそれを「はらはら」でも「ひらひら」でもなくて、「ほろほろ」という感じで眺めている。彼女にあっては、ホロホロは涙にあらず、木の葉ときたので、わたくしは思わずヘエーとなった。

でも、もしかしたら、落葉を見つめている彼女のその眼に「いとあはれなり」といつしか涙が浮かんでいたのかもしれない。それでホロホロとなったのかな。

（二〇一六年十一月）

秋の夕暮

秋も深まってくると、わたくしごとき情緒とぼしきムクツケキ男でも、妙に寂しくなってくる。とくに蕭条《しょうじょう》とした暮れつ方になると、人なみに「ああ、世は無常なるかな」としみじみとした感に、ときには打たれたりすることもある。

　この、何か文学的に寂しい感じを、「秋の夕暮」が日本人にもたせることになったのは、清少納言の『枕草子』にはじまるのではないかとひそかに睨《にら》んでいる。この才媛が「春は曙」「秋は夕暮」がいちばんよろしいと、おごそかにのたもうたことで、夕暮というのが文学的に非常にいい時間になっていった。やがて日本人はひとしく夕暮は寂しくて心にしみる時と思うようになる。この辺は日本人の美学の微妙なところというほかはない。
　それに加勢するように、『新古今和歌集』の三つならんだ「秋の夕暮」の歌がもてはやされて、しみじみとした気持に拍車をかける。

　さびしさは其の色としもなかりけり
　　まき立つ山の秋の夕暮（三六一）

　心なき身にもあはれは知られけり
　　鴫《しぎ》立つ沢の秋の夕暮（三六二）

　見渡せば花も紅葉もなかりけり
　　浦の苫屋《とまや》の秋の夕暮（三六三）

　作者は寂蓮《じやくれん》法師、西行法師、藤原定家の順になる。
　ふつうこれを「三夕《さんせき》の歌」ということになっているが、いや、寂蓮法師のは『百人一首』にある歌のほうがいいと、そっちをあげる人もいる。

村雨《むらさめ》の露もまだひぬ槙《まき》の葉に
霧立ちのぼる秋の夕暮（四九一）

どっちがいいかと問われれば、わたくしもあとのほうの「霧立ちのぼる」がよろしいと答える。その昔、霧立のぼるという艶麗な宝塚のスターのいたことだし、『百人一首』の札の取り競べでは断々乎としてこの札をわがものとしたなつかしい想い出もある。しかも「キッタチノボル」とわざわざしゃれて読んだ記憶もある。

いずれにしても、日本人が本来感じるところの「秋の夕暮」は、決して悲哀ではない。これら名歌でわかるとおり、しみじみとした、身に染みる思いである。ここがまことに微妙なところで、日本人の美学のこのへんのところは、外国人にはとうていわからない。

そして現代では、藤沢周平さんがこの夕暮の感覚を描く名手であった。剣客たちは夕暮の橋の上に立ち、流れ去る水を見ながらしみじみと、己の運命を見定めている。これをまた藤沢さんはまことに読者の心に迫るように美しくしみじみと描く。

（二〇一一年十一月）

薄という字について

二百十日を過ぎると、ごく自然に夏目漱石の「行けど萩行けど薄《すすき》の原広し」という句が思いだされてくる。のちに『二百十日』の舞台となった阿蘇山麓を旅したときの句である。このとき漱石は二百十日の暴風雨に襲われて、道に迷って右往左往したらしい。

なんて話はどうでもいいので、今回はこの薄について。芒または尾花とも書くこの植物は、『万葉集』の昔からあって、秋の七草では萩についで数多く詠まれている。ススキ十七首、オバナ十八首のほか、カヤ（茅）とする八首を加えれば計四十三首もある。

「それだけじゃないよ、そもそも秋の七草はすべてススキ草原に結合した植物であって、ススキの原は日本人にいちばん密着した自然であったんだ」

と講釈を垂れてくれた学者もいた。

足田輝一さんの『草木夜ばなし・今や昔』という本には「ススキは武蔵野の象徴であった」と強調されていた。そして、この薄原に馬を飼ってきた豪族が、騎馬兵団をもつ武士として成長し、武家政権を築く原動力になったのである、と足田さんは説く。

なるほどネ、と思った。十世紀に東国で乱を起こした平将門《たいらのまさかど》は、たしかに薄の武蔵野が生んだ姦雄だったものね、と納得した。また、すでに書いたことであるが、くりかえすと『太平記』巻一の新田義貞の鎌倉幕府打倒の旗揚げにも、武蔵野のススキが出てきたことを思いだした。「草の原より出《いず》る月は、馬鞍の上にほのめきて冑《よろい》の袖に傾けり。尾花が末を分《わく》る風は、旗の影をひらめかし、縨《ほろ》の手静まる事ぞなき」

と、時は五月だというのに尾花＝薄がちゃんとでている。

そんな昔の日本人と縁の深いススキに、どうして薄という漢字を当てたのか、まことに不可思議に思っている。試みに薄という字のつく言葉を考えてみるとよろしい。薄学《はくがく》、薄《はく》謝《しゃ》、薄幸《はっこう》、薄給《はっきゅう》、薄情《はくじょう》、浅薄《せんぱく》、空薄《くうはく》、軽薄《けいはく》、脆薄《ぜいはく》などなど、ロクな言葉がないではないか。それで調べてみたら「薄とは聚也、叢也、叢生なり」、つまり広いところにむらがる、広い範囲にゆき渡るの意なのであるそうな。そこからむらがり繁る草をすべてススキとよび薄という漢字を当てることにしたらしい。

日本流に尾花のままでよかったのにネ。

（二〇一七年十月）

師走とつごもり

光陰矢のごとし、と昔はいったものである。いや、今もいうのかな。とにかくアッという間に時間が経ち、内外ともに歴史の転換点ともいえそうな事件がつづいて、二〇〇四年も極月《ごくげつ》に入った。中国は宋代の詩人・蘇東坡が別歳の詩で「人の行くはなほ復《かえ》るべし／歳《とし》の行くはなんぞ追ふべけん／歳《さい》に問ふいづくにか之《ゆ》く所ぞ／遠く天の一涯にあり」と歌っている。やはり流れ行きてふたたび還らざる年の暮れは、人ひとしくものを想わざるべけんや、というところなのであろう。

陰暦十二月を「しはす」といい、師走と書く。伊勢の御師が年末に来年の暦を諸国に忙しく配って走る月、という説があるが、もちろん俗説である。シハスの語は「シ」が年を意味し「ハス」は果つと同じ意で、年果つるということである。いちばんの年の果てが大《おお》晦日《みそか》、そのどんづまりの夜が除夜《じょや》である。除夜は除夕《じょせき》ともいい、旧歳が除き去られる夜のことである。

かぞふれば年の残りもなかりけり
老いぬるばかりかなしきはなし

和泉式部の歌である。老骨には、惻々《そくそく》たる寂しさ侘びしさが感じられる。とにかく今年は悲喜いろいろなことがありすぎた。イラク戦争での何人もの犠牲者。拉致被害者の家族の帰国。アテネ五輪での金メダル・ラッシュ。台風の来襲と被害の大きさの新記録。中越地震の悲惨と二歳の坊やの奇跡の生還。そしてお終いに新渡戸稲造（五千円札）と夏目漱石（千円札）との後髪引くお別れ、エトセトラ。

新しいお札の樋口一葉のキリリとした美しい顔を眺めながら、彼女の名作の一つ『大つごもり』を今夜は読もうかな。と思うそばから、そも「つごもり」とは何ぞや、という疑問がわく。ツゴモリとは、ツキゴモリ「月隠」の約《つづめ》で月がなくなる、毎月の最終の日のこと。これに大がつくと大晦日である。ここにある「晦」はこれまた「暗い」の意で、「月隠」とぴったり照合する。

大晦日には大抵の人が、家族そろって「紅白歌合戦」から「ゆく年くる年」を見て除夜の鐘を聞いて、新年を迎える。紅白なんかに縁なき衆生《しゆじよう》のわれもまた、ほぼそんな風に除夜の鐘を聞いてから床に入る。

さて、煩悩解脱《ぼんのうげだつ》、罪業消滅を祈ってつく百八つの鐘を、今年はどんな想いで聞くことであろうか。何も思わずバタングウであろうか。

（二〇〇五年一月）

「雪」の詩について

詩人の三好達治の作に「雪」という傑作がある。

「太郎を眠らせ、太郎の屋根に雪ふりつむ。
次郎を眠らせ、次郎の屋根に雪ふりつむ。」

たったこれだけの詩であるけれど、声をだして読んでいると、霊的ともいえる静寂につつまれて、どこからともなく瞑想的な、孤独感が湧きあがってくる。越後に住んでいたころ、雪がふる夜、なんどもこんな恐ろしく寂しい気持になった。いらいこの詩を好きな日本の詩の一つにしている。

ところで、つい先日、詩人の吉本隆明氏の『初期歌謡論』を読んでいて、この詩をめぐる面白い話にぶつかった。吉本氏がこの本のなかで、俳人の石原八《や》束《つか》氏のこの詩の解釈をこんな風に紹介してくれている。

「〈母親〉が、男の子を寝かしつけ、その家の屋根に雪が降りつづけている。また別の屋根の下でもおなじように、幼ない男の子を寝かしつけている。子供たちを寝かしつけたあと、〈母親〉の屋根に、雪は降りつづけている」

ヘェー、詩の受けとり方って、人によって違うんだな、という驚きがまずあった。〈母親〉がどうして出てくるんだよ、余計なんじゃないですか、石原さん、と思わずわたくしは口にだした。

当の吉本さんの解釈は、もっとあっさりしている。

「『雪』が幼ない男の子も、もっと幼ない男の子も、それぞれの屋根の下で眠らせてしまった。夜更けに、『雪』は幽かな音をたてながら、降りつづけている」

こっちのほうがごくごく素直な解釈でよろしいようである。詩のタイトルが「雪」であるから、「雪」が、とするのは、〈母親〉が、とするよりずっと自然なので、文句のつけようもない。が、正直にいうと、こっちのほうも、わたくしにはどうにも不満が残る。

雪国の雪の夜を体験しているものは、雪がロマンチックに思えるものではないことを知っているからである。得体の知れぬ天の意思といったほうがいい巨大な力が、家々の屋根に雪をドサッと降り積もらせる。ただもうシンシンシンシンシンとすべて埋めつくさんばかりに雪は降りつづけるのである。三好達治はそんな天の意を簡潔に詩にしたものではないか。

かすかにも、ひそかにも雪は音もせずふりつづくのである。


（二〇一四年四月）

豆マキは男にかぎる？

二月とくれば節分。節分とくれば、陳腐ながら、とたんに朗々たる名文句が浮かんでくる。「月も朧に白魚の、かがりも霞む春の空」にはじまって、「こいつあ春から、縁起がいいわえ」でおさまる七五調の、はずむような歌舞伎の名ゼリフ。そのなかに、

「ほんに今夜は節分か、西の海より川の中、落ちた夜鷹は厄おとし」

と、お嬢吉三《きちさ》が節分に気づくセリフがでてくる。「悪魔外《げ》道《どう》も西の海へさらり」との縁起ことばを利《き》かせた趣向なのである。

このお嬢吉三は女に化けて金品を強奪するご存じの悪党なんである。が、紋付きの黒振り袖の、それがふるいつきたいようないい娘であるので、まことに困る。演ずる俳優がみんなそうなので、悪党に拍手を送るのはよろしくないが、ついつい「待ってましたァ」と大向うからかけ声をかけてしまう。

女と節分ということから気づくことなのであるけれど、有名な神社仏閣の豆まき役は、昔からずうーっと年男にかぎられていた。なぜか、年女が選ばれることはなかったのである。昨今はこのシキタリを破って年女を起用するところもあるかもしれないが、とにかく長くつづいてきたこの風習は妙だなと首を傾げてきた。別に男女同権の世になったからそう思うのではない。念のため。

そのナゾを解くカギ（？）になるようなものを最近になってみつけた。「節分」という古い狂言で、シテが鬼、アドが女で、時は節分の夜。亭主が出雲大社へ参詣にでかけた留守を、女房ひとり所在なく守っている家へ、蓬萊《ほうらい》の島から隠れミノを着て、隠れ笠をかぶって鬼が訪れてくるのである。

この女房と鬼のヤリトリがいかにも面白いのであるが、長くなるので略すとして、鬼のヤツはだんだん女房の美しさに参ってしまい、ついに泣いたり歌ったりして口説きに口説く。女房ははじめはこわがっていたのに、鬼がそんな弱みをあからさまにするので、がぜん気が強くなり、欲もでてくる。蓬萊の島の宝物をくれたら、といいだす。鬼はお易《やす》いご所望だといって、隠れミノ、隠れ笠から打ち出の小槌《こづち》など、もっているものをすべて女房に与えてしまう。

さて、女房は宝物をすべて巻きあげてしまうと、声をキーンと張りあげて、

「福は内、福は内、鬼は外ッ！」

女は恐《こわ》い。いらい豆マキは年男にかぎることになったそうな。ホントかね？

（二〇一七年三月）

第四章

愛すべき小動物諸君

一、二、三のはなし

猫ブームである。小林一茶に楽しい猫の句がある。

　初夢に猫も不二《ふじ》見る寝やうかな

猫がいい心持そうに寝ている。一富士・二鷹・三茄子《なすび》というお目出《めで》たい富士の夢でもみているのか。一茶一流のやさしさが自然とでている。

いや、実は問題としたいのはこの一富士・二鷹・三茄子で、その起りは日本三大仇討にあると、もうずいぶん昔に書いたことがある。一に富士の裾野の曾我兄弟、二に鷹の羽のぶっちがいの紋は浅野家すなわち赤穂浪士、三は世に名をなす伊賀上野は鍵屋の辻の荒木又右衛門。いずれも大願成就した目出たい仇討ばなしであった、と。

ところが、その後に異説がいくつもあることを皆さんから教えられた。富士山も鷹狩も茄子も、駿府（静岡市）にいた徳川家康が楽しみにしていたもの、という説。いや、さにあらず、家康が大御所として駿府にいるころ、ある年に茄子が大へん不作で高価になった。そのことで家康が、

「この国で一番高いのは富士山、二番目が愛鷹山《あしたかやま》、三番目が茄子だのう」

と、たわむれて言ったことにはじまる、という説。いやいや、家康とは関係なく、単に駿河の国の名物をならべたにすぎない、しかも久能山《くのうざん》の麓の茄子がいちばん早く実るので、初茄子として幕府に献上していたことに発する、という説。エトセトラ。

こうなるとどれが本当かごちゃごちゃして調べる気も起きてこない。

それにつけても、一、二、三とならべて調子よく唱える格言のようなものが、日本人は好きなんだな、と気がつく。たとえばハックションとでると、

一にほめられ、二に憎まれ、三にほれられ。

とやる。ついでに、四で風邪を引く、とくっつけることもある。

女性というものは、というのもある。

一に髪、二に化粧で、三に衣裳。

けしょう、いしょうと韻をふんでいるのが面白いが、ご面相はどうでもいいのかな、とちょっと心配になる。そして対をなして、男たるものは、

一に押し、二に金、三に男前。

学歴や地位なんか問題になっていない。ただしこれじゃあいまは通用せず、古すぎる一、二、三なのかもしれない。

（二〇一七年六月）

地震ナマズの話

連日つづいている三宅島を中心とする地震や噴火の報に発して、東海大地震だの関東大地震だのと、さまざまな風評が囁《ささや》かれた。先端科学謳歌の世に、いぜんとして地震の予知はできないらしいのが、不気味といえば不気味であるし、人間様の知恵なんてまだタカがしれているんだと、あまりいい気にならぬようおのれを戒めている。

地震の起こる前に雉《きじ》が鳴くと昔はいった。それは正確ではなく、地震の初期微動を感じてケンケンと鳴く。人間がまだまったく感じていない極小の微動を感じて騒ぎたてるのが、まずは雉なんだそうな。

どうも呑気な話になりそうで気が引けるけれど、うんと昔の日本人は、マグマにあらぬ地下に住んでいる大ナマズが、体をユラユラ動かすと地震が起こる、とそう考えていた。たとえば安政二年（一八五五）の江戸大地震がよく例に引かれるが、この後に出版された錦絵には、もうごちゃごちゃとナマズの絵が描かれていた。これを柱に貼って、どうぞお助け下さいと、江戸町人は手を合わせて毎日真剣に拝んだとか。

元禄三年（一六九〇）に日本にきたドイツ人博物学者ケンペルが『日本誌』という本を書いている。なかに「地震は大きな鯨《くじら》が地下を這《は》いまわるために起こると、日本人はみんな信じている」とある。鯨が地下に？　と仰天したことがあるが、どうやらケンペルは大ナマズの絵を鯨と見誤ったのである。ドイツにはナマズがいないのかな、と当時ひどく疑問に思ったが、悉《ことごとく》皆忘れてしまってその後は確かめてもいない。

同じ時代の芭蕉の連句には、しっかりと地震ナマズが登場してくる。

寂滅《じゃくめつ》の貝ふき立る初嵐　似春《じしゅん》
石こづめなる山本の雲　芭蕉

と詠みきたって、視点が空に向いたところで、小西似春が、

大地震つゞいて龍や昇るらん

とつけたとき、芭蕉はせっかく天にまで昇った龍をわざわざ引きおろしてきて、

長《たけ》十丈の鯰《なまず》なりけり

と、龍をナマズに見立てて諧謔化《かいぎゃくか》している。一丈は約三メートル、で、これは三十メートルの巨大なナマズということになる。これが暴れたら、大地も少しは揺れるかもしれな

い。つまり、江戸時代の人々が地震ナマズの存在を信じていたことの証しは、俳句にもあったのである。

（一九九九年十二月）

飛魚の飛翔記録

　風の名のひとつに「あごきた」というのがある。「あご」とは飛魚のことで、飛魚の漁業期に吹く北の季節風のことをいう。漁師さんが使う言葉なのかもしれない。飛魚は春のはじめに黒潮にのって北上し、帰りは秋のはじめごろから黒潮反流にのって南下する。つまりぐるぐる回遊しながら、適温十九～二十度を求めて移動する。

　ところで飛魚は長い胸びれをひろげどのくらい翔ぶものか。魚の権威の末広恭雄さんの本によると、昭和天皇が皇太子のとき、ヨーロッパ訪問の途中、台湾付近を通航しているお召艦香取の甲板に飛魚が躍りこんだという。香取の舷《げん》の高さは約七メートルとか。ヘエーと思った記憶がある。

ところが、もっと上がある、とかつて帆船海王丸の船長であった友が教えてくれた。昭和十一年（一九三六）十一月のある晩の話。太平洋航路の豪華船エンプレス・オブ・ジャパン号が波静かな洋上を快走していた。メイン・デッキの広間で、華やかな電灯の光のもと船客が夕食をとっていた。そこにボーンと飛魚が躍りこんだ。海面から甲板までなんと約十メートル。どうやら、この高さ十メートル、距離四百メートル、滞空四十二秒が、観測されたかぎりの世界記録らしい。この話にはさすがに胆《きも》をつぶした。飛魚はそんなに高く、長く飛ぶのであろうか、ホントかね。

飛魚でなくとも、船に魚が飛びこむことがある。大学のボートの選手であったころ、隅田川や荒川放水路でしばしば体験した。そしてこれをいと目出《めで》たきこととしたものである。司馬遷『史記』に、周の武王が殷《いん》を攻め滅ぼそうと黄河を渡ろうとしたとき、中流あたりで白魚が飛び込んできた。武王はこれを手にとって大いに喜んだ。

「魚はウロコのあるもの、つまりはヨロイ、兵の象徴である。そして白魚の白い色は殷の国の色。殷の運命がわが手につかみとられたと同じことよ」

目出たい目出たいというわけである。

頼山陽《らいさんよう》の『日本外史』にもこの飛魚の故事がでてくる。平清盛がまだ若いころ、任地へ向かうため船にのって海をゆくと、飛魚が躍りこんできた。

「これこそ家を興す前兆なり」

と清盛は欣喜雀躍《きんきじやくやく》したという話。

ただし、念のために書くが、われら大学ボート部が、艇に魚が飛び込んできたからといって、その年に目出たく全日本選手権に優勝したという記録はない。要するに偶然にすぎないのであるな。としてしまうと、味もソッケもない話になってしまうが。


（二〇〇〇年三月）

蟬の一声

漫談家でうまい随筆も書いた徳川夢声の俳句に、泣かせる一句がある。

ソ連宣戦はたと止みたる蟬時雨《せみしぐれ》

まったく六十九年前の、あのくそ暑かった敗戦の夏のことを偲ぶと、きまってジージーと鳴いていた蟬の声が耳によみがえってくる。別にうるさいと腹を立てるほどのことではないのに、こっちは史上初の国家敗亡にうちひしがれているんだぞ、少しは遠慮したらどうだ、と八つ当り気味に怒鳴りつけたものであった。

古典の句歌なんかでも、蟬の鳴声はいってみれば夏の暑さを象徴するものの一つであった。句では松尾芭蕉の、『おくのほそ道』の、

閑《しず》かさや岩にしみ入る蟬の声

でよろしいように思えるが、和歌のほうではこれはという秀歌が少ない。好みとしている一首をあげれば、

空はれて梢色こき月の夜の
風におどろく蟬のひと声

ということになる。〈空が晴れて、葉の茂った梢が色濃く影となって地に落ちている月の夜、一陣の風に驚いて蟬が一声立てて、あとはもとの静けさに戻った〉と、視覚・触覚・聴覚が総動員され、見事な歌になっている。作者は花園《はなぞの》天皇。つぎが後醍醐《ごだいご》天皇であるから、『太平記』にみられる南北朝の戦乱・混乱の世にあって、なかなかに風雅な天皇であったようである。

さて、この歌の蟬は一声鳴いてパッと飛び去った。そのとき、霧雨のように細かく冷た

いものをさあっとふりかけて、と推理している。あるいは花園天皇のお顔にかかったかもしれない。すなわち蟬のオシッコ。ずいぶん下卑《げび》た想像だなと思われようと、わが推理のゆらぐことはない。

なにしろ悪ガキのころにも、さんざんに不意討ちをくらった経験があったし、敗戦のその日にも、怒鳴り声に復讐するかのようにシャーッ、その冷っこさに思わず首をすくめた覚えがある。あの一刹那《いっせつな》に、〝この世は諸行無常〟と悟りを開いていれば、もう少しマシな男になったものを、と少しく残念に思っている。一声鳴いてシャーは蟬の特技であって、南北朝時代もいまも変りのあるはずはないのである。

初蟬といへば小便したりけり

これぞ小林一茶の名句（？）である。きっと一茶にもシャーの経験があったのだな。

（二〇一四年九月）

恋猫・今と昔

春の気配が漂《ただよ》ってくると、猫の雄が妙な声をだして争って求愛する。戦前の猫は行儀がよくて、ちゃんと寒の明けを守って「おぎゃあ」「おわあ」と屋根の上なんかでやっていたが、近ごろは人間なみに一年じゅう妖しげな声をたてているような気がしないでもない。人間どもの暖衣飽食は猫の精神までをダメにしたのかと思う。

猫の俳句となると小林一茶の名がすぐ浮かんでくる。いや、蛙の句のほうが多いのじゃないか、と思う人も多いであろう。蛙の句は二百六十八句、たいして猫の句は三百二十二句。全集では同じ年に恋猫の句をハッスルしてつくっている。さてはこのとき詠んだ恋猫はすべて、嫁さんをもらって喜びいっぱいの自分であったのか……。ちょうど、二百年前の羨ましい話である。

また昔話になるが、うんと昔の日本の猫は交尾の姿を人間には見せなかったという。声はすれども姿は見えず、その神秘的なところが日本の猫の特長であった。猫は夜更けてから屋根の上で、と決まっていたらしい。江戸川柳に「よく聞けば猫の水飲む音でなし」というのがあるが、これは猫でなく人間の営みのほうを冷やかしている。

ところがこのごろは、西洋の猫なみに白昼、衆人環視のうちでも平気で、ちょろちょろととり行なう。そこで、ある動物学者が、交尾中の猫の、あの身も世もあらぬとばかりの瀕死の（？）恋愛の真っ最中、ネズミをほうり出してみたという。すると、雌のほうが、しつこい雄をふり離してネズミを追いかけた、というではないか。ある酔狂な友人から聞いた話である。

ダイヤモンドに目がくらみ、愛する貫一をあっさり捨ててしまった『金色夜叉《こんじきやしゃ》』のお宮の話もある。と納得したら、それが違うんだなあ、雌猫は腹の子供の栄養を常に考えているためにあのときにも食欲は忘れないんだよ、人間も猫も同じさ、と教えられた。ホントかなあ。

そういえば、あのとき、たしかに友人は「人間も猫も」といったが、とすると、人間様のほうもまず、食欲ということになるが、これもホントかなあ。

（二〇一四年五月）

「狐の嫁入り」とは？

梅雨の季節がやってきた。梅雨は陰暦五月に降る長雨で、五月雨《さみだれ》また梅霖《ばいりん》ともいう。これからほぼ四十日は雨との共存ということになる。季節の変化は色々なことを教えてくれる。珍らしい言葉であったり、暮らしの知恵であったり。嫌われる長雨もよい教材になる。

その雨に関連していうと、昔は狐の嫁入りという雨があった。近頃は天候異変のせいか、まったくといっていいほど出くわさない。したがって死語となっているのかもしれない。雨がパラパラと降ってきて、オヤと空を見上げると青空で雲一つなく、日が照っている。かなり多くの地方で呼ばれている名であった。あるいは狐雨とかお天気雨ともいう。

もともとこの狐の嫁入りという言葉は、鎌倉時代以降にうまれたもので、江戸時代になって大流行したという。うんと昔の嫁入りはごく近隣でやっていたが、武士階級が発生し村内に有力な家ができると、村内および近辺なんかでは身分対等の家がないということで、遠方から身分にふさわしい嫁をとる風習が自然にうまれてきた。

そうなると、嫁入り行列や嫁道具送りの作法も次第に派手になり、長い道中をえんえんと提灯《ちょうちん》をつけて夜行するようなこともあった。それがいわゆる狐火という現象と結びついて、狐の嫁入りという言葉が誕生した。

と、そこまではわかるが、それじゃなんで雨と結びついたのか、そこはよくわからない。『大言海』を引いてみると、「変化自在ノ狐ノスル所為《ワザ》トシテ云フナルカ」として、『壇浦《だんのうら》兜《かぶと》軍記』の一節が引用してある。

「タッタ今マデ、クヮンクヮントシタ空デアッタニ、エエ聞エタ、狐の嫁入りノソバエ雨」

つまり、狐はよく人をだます、天気だと思っていたのにパラパラと降ってきた、まるで狐にだまされたようだ、というわけでこの名がついた。なるほど、そこに語源があるのであろう。

となると、狐が人をだます〝妖怪〟になったのはいつか。つぎの難問がでてくる。調べてみると、文献的には『日本書紀』の舒明《じょめい》天皇九年（六三七）が狐妖の始まりであるとわかる。くわしくは省略するが、仏教伝来（五三八年）とともに百済《くだら》から中国の狐妖譚が入ってきた、というのである。

如何《いかが》ですか。雨はまことにいろいろなことを知るためのよい教材といえるのではないですか。

（二〇一五年七月）

鹿の鳴く秋

いまはなくなったが、昔は便箋の裏表紙に「時候・あいさつ用例集」という季節の言葉がきまって載っていた。それを手紙を書くとき参考にして冒頭の時候の挨拶を「秋晴れの気持のいい日のつづく今日このごろでございます」とかはじめたものであった。

十月なら、仲秋《ちゅうしゅう》・秋冷《しゅうれい》・秋雨《あきさめ》・紅葉《こうよう》・寒露《かんろ》・秋晴《しゅうせい》など。

十一月なら晩秋・季秋《きしゅう》・落葉・向寒《こうかん》・立冬《りっとう》・小雪《しょうせつ》など。

こんな言葉の下に候の字をつけ、たとえば「仲秋の候」とか「季秋の候」とすれば手紙の書きだしとなる。あるいは候の代わりに「砌《みぎり》」を用いてもいい。砌とは時節、ころ、折《おり》の意であることは書くまでもない。

その爽秋《そうしゅう》の候が訪れると、きまって若いころに口角泡を飛ばしてやった友人との大論争のことを思い出すのである。『百人一首』にもあるかなり有名な、

　奥山に紅葉踏みわけ鳴く鹿の

声聞くときぞ秋はかなしき

の歌をめぐってのものであった。

わたくしはこの「紅葉を踏みわけ」ているのは、「鹿」そのものだ、とずっと解していたのであるが、友人は「いや、作者が紅葉を踏みわけて山の奥に入って、そしてしみじみとした気持ちで鹿の鳴いているのを聞いているのだ」と主張して、頑としてきかぬ。それで一杯機嫌のせいもあったが、しばらくは口を利かないほどの大喧嘩（？）となったのであるが、五、六年ほどたって凱歌はわたくしのほうにあがった。

いまは「奥山から聞こえてくる鹿の鳴き声を、山の麓で作者が聞いている。紅葉を踏みわけているとは、作者の想像で、見えない処での鹿の動きである」とするのが正しいのである。友人もいまは兜をぬいでいる。

が、そこまではよかったのであるが、もう一首、『百人一首』の、

わが庵《いお》は都のたつみしかぞ住む
世をうぢ山と人は言ふなり

ついこの間この歌のほうでは大恥をかいた。この「しかぞ住む」をほんとうに五十年近く「鹿ぞ住む」と思いこんでいたのである。ところが、これは漢字で書くと「然《し》かぞ住

む」、つまり「世は憂きものという思いでここに慎ましく住んでいる。それなのに世間の人は憂し山といっているそうな」と解するんだとか。
「半藤よ、それが定説なんだぞ。鹿なんか住んでおらんぞな、もし」
と、くだんの友め、「江戸の仇を長崎で」とばかりに大笑いしおった。

（二〇一五年十二月）

田螺と亀の鳴き声

これが俳句!?　と思われる奇抜で愉快な句がある。

ぶつ〳〵と大なる田螺《たにし》の不平哉《かな》

漱石が三十歳のとき、熊本で詠んだもので、わが好みの一句である。季語は田螺で春。春のポカポカと、のどかな田んぼのなかに田螺がころがっている。ブツブツ泡をふいている。さながら田螺が大不平の鳴き声をあげているようにみえる、というところか。

漱石には田螺を詠んだ句が三句あるが、よっぽど気に入った素材なのか。うち一句が鳴いている田螺そのものを詠んでいる。

よく聞けば田螺鳴くなり鍋の中

この田螺には遠い思い出がある。もうはるかな昔の話で、日本敗戦の翌年の昭和二十一年（一九四六）は、新潟県長岡市在の寒村にあっては、田螺が驚くほどの豊作（？）であったのである。あっちこっちの田んぼで、いわゆる〝田螺の道〟をつくりながら泥表を這う田螺がいっぱい眺められた。腹が空《す》いて空いてたまらないこっちは、こやつらを栄養源として片っ端からつかまえて、殻から引ぱりだし、大根おろしでまぶし、あるいは味噌汁にしてもりもりと食べた。お蔭で、敗戦後のすさまじい空きっ腹をどのくらい満たすことができたことか。感謝にたえない。

人間とは何と残酷で無情な奴《やつ》らかと、田螺が鍋の中でキーキーと鳴くのがよくわかった。が、食欲に人間は勝てなかったのである。いまごろ詫びたって田螺サマが許してくれるとは思わないが、漱石の句をとなえながらひたすら「スマン、スマン」と詫びている。

田螺が鳴くのはたしかに耳にしたけれど、春の季語で、おかしなのに「亀鳴く」がある。大きな歳時記にはかならず載っていて、鎌倉時代の歌人藤原為家の歌「川越のをちの田中の夕闇に何ぞときけば亀ぞ鳴くなる」（『夫木《ふぼく》和歌集』）が原典と説明されている。

亀鳴くや皆愚なる村のもの

高濱虚子の句である。久保田万太郎の句集でも一句見つけた。

亀鳴くや柱ラムプの照返し

友人の俳人石寒太《いしかんた》氏の言うことには「亀は鳴かないとされていますが、実際に飼っている人に伺うと、たしかに鳴くそうです」、なんだそうであるが、ほんとうだろうか、と疑っている。田螺の鳴き声は間違いなく聞いたが、亀が鳴くとは思えない。情緒的な季語なんじゃなかろうか。それとも、獰猛《どうもう》な顔をしたあやつもほんとうに鳴くのか。その鳴き声は？　キイキイかな。

（二〇一九年五月）

猫の死亡通知

新聞のどこから読みだしますかと人に聞くと、訃《ふ》報《ほう》欄からと答える人が意外と多い。物故者の年齢と死因にまず目がいくという。もっとも、これは年をとった人たちに共通していることで、若い人たちには関係ないか。

ところがその昔は死亡広告は新聞社にごくわずかなサンプルがあって、名前と日付と場所が違うだけ、という無味乾燥な文面である場合が多々あったらしい。それに抵抗を感じて、自分なら、と思いたった人がいても不思議ではない。明治三十七年（一九〇四）四月十四日の朝日新聞と万朝報《よろずちょうほう》にこんなのが出て、読者をびっくりさせた。

「僕本月本日を以て目出度死去　仕《つかまつり》　候《そうろう》　間此段広告仕候也」

奇抜さをもって有名な斎藤緑雨《りょくう》が死期を悟り、見舞いの友人に託しておいたものであったという。

新聞ではなく、知人に送った通知状にも愉快なのがある。夏目漱石が『吾輩は猫である』のモデルといわれた黒猫の死にさいして、鈴木三重吉、小宮豊隆、野上豊一郎たち懇意な門下生あてに送ったものである。

「辱知《じょくち》猫義久々病気の処、療養不相叶《あいかなわず》、昨夜いつの間にか、裏の物置のヘッツイの上にて逝去致候《いたしそうろう》。埋葬の義は車屋をたのみ箱詰にて裏の庭先にて執行仕候。但主人『三四郎』執筆中につき、御会葬には及び不申候」

猫は明治四十一年（一九〇八）九月十三日に、早稲田南町七番地の夏目家で死亡しているが、通知の日付は十四日になっている。

この葉書をうけとった寺田寅彦は日記にこう記した。

「夏目先生より猫病死の報あり。見舞の端書認《したたむ》」

のみならず、少し後のことになるが、猫の訃報は朝日新聞が記事にして報じたものだから、天下周知のこととなった。それで知人の何人かが、弔句を送った。とても「名前はまだ無い」猫クンの死とは思えない賑やかさ。

吾輩の戒名もなき芒《すすき》かな　　高濱虚子

先生の猫が死にたる夜寒かな　　松根東洋城

義父松岡譲から聞いた話によると、死の前日、いかにも訴え怨ずるがごとくに、漱石の顔をしげしげと眺めながら、猫は哀れな声で、たった一声ニャンと鳴いて寄りそってきたという。漱石はいとおしくなってひょいと抱きあげた。

「それはもう骨も肉もなく、まるで泡のようにふかふかと軽かったそうなんで……。漱石先生はそう言っていたよ。その感触の不気味さに思わず手を放すと、猫クンはそれきり背を向けて立ち去ったそうな。そして翌朝、冷たい死骸となって物置に横たわっていたんだと……」

その通知にあるように猫は屋敷の東北隅に埋められて、沢庵石ほどの石が置かれたという。いまは早稲田の漱石山房記念館の裏に、猫塚と称せられる石塔が立っている。

（二〇一九年九月十四日）

本物のハチ号の話

とにかくいついっても、人でいっぱいである。昔は待ち合わせの名所として知られていたが、いまは見物客のほうが多いかもしれない。先日も通りかかったら、スミマセンガ、シャッターオシテクダサイ。気安く応じたら、次から次へと。いやァ、参った参った。渋谷駅前の忠犬ハチ公の銅像の話である。

いまのは二代目らしいが、わたくしは初代のハチ公の銅像の足をなでた記憶がある。『B面昭和史』でいっぺん書いたことである。満四歳の腕白坊主《わんぱくぼうず》のとき。昭和九年（一九三四）四月、初代銅像ができたということで、完成披露の除幕式の盛大な様子が新聞で報じられて、東京中の少年たちの大そうな話題になった。隅田川の向こう側の下町生まれのわたくしは、どうしても見たいと大人にせがんで、はるばると出かけていったと覚えている。

そしてびっくりしたこともまざまざと思いだせる。銅像のすぐ脇に本物のハチ公がチョコンと前足をそろえて座っていたのである。何だ、お前もいたのかと、カステラのかけらを与えたら、パクンと。やたらにでっかい犬であったように感じられた。

彼の本名はハチ号であるということや、翌十年三月に十三歳でこの世を去った、ということも記憶にあるけれど、そうすると、一年間も本物と銅像はならんで見物人たちを迎えていた、ということになるのであろうか。

ちなみに「夏は涼しく冬は暖か」が売りであった東京地下鉄道（現、東京メトロ）が、まだ浅草から上野までしか通じていなかったのが、延々と新橋までのびて、浅草―新橋間が開通したのは昭和九年の六月二十一日のことである。したがって、悪童のわたくしがハチ公の足をなでにいったのは、そのあとのことということになる。そういえば、新橋から省線電車（現、ＪＲ）に乗りかえて渋谷までいった記憶もうっすらとある。

いま、黒山の人でハチ公の銅像をとっくり眺めることもしないが、本物のハチ号の死んだとき、昭和十年三月十三日付の東京日日新聞（現、毎日新聞）夕刊の記事の写しが手もとにあって、ときどきなつかしく眺めている。

「花環廿五、生花二百、手紙や電報百八十通、短冊十五枚、色紙三枚、書六枚、学童の綴方廿、清酒四斗樽一本、四日間のお賽銭二百余円といふ豪勢さであつた」

　そのほか付近の商店ではハチ公せんべい、ハチ公そば、ハチ公焼き鳥、ハチ公丼などを売りだして、大いに稼ぎまくったという。ハチ公人気がどれほどのものであったかがよくわかる。

　まさか翌年に二・二六事件、さらにその翌年に日中戦争が起こるなどと予測しているものはいなかった。「世はなべて事もなし」と国民はまだ浮かれていたのである。それにしてもハチ公の葬式は豪勢だったな、いまさらのように感服する。

（二〇一九年四月二十七日）

第五章　下町の悪ガキの船出

「悪ガキ」について

老齢になってから、戦中・戦後の少年時代のことを想いだして書く機会がやたらと多くなった。そんなとき「悪ガキ」とやや卑下して自分のことを書く。別に本気で悪くいっているのでなく、「元気な」「少々活潑《かっぱつ》すぎる」ぐらいの意味あいで、悪ガキという言葉を使うのである。ところが、いまはそんな昔の「悪太郎《あくたろう》的なガキ」はいない、みんなおとなしい上品な子供ばかり。で、悪ガキというのはほんとうに「性悪な」、「始末におえぬ悪童」と思われるだけです、と注意されたりしている。

そもそもが「悪」という字は「亜」と「心」の合成字である。白川静先生の『常用字解』によれば、もとは亞と書き、「地下の墓室の平面形。そこは死者の住む所であるから、生きている人にとっては快い場所ではなく、忌み謹むべき所」なんだそうである。それで忌み謹む思いをいまは悪と書き、憎悪の感情を示すことになる。

道理で悪のつく言葉にはロクなものがない。悪党、悪事、悪徳、悪夢、悪寒《おかん》、悪所、悪玉、極悪、醜悪、悪口エトセトラ。このなかに悪ガキを入れたら、たしかに、子供のくせにとんでもなく悪いヤツと思われるのが落ちということになるであろう。

でもネ、といくらか歴史好きとしては反対したくなる。南北朝時代の忠臣と謳《うた》われた楠木正成《くすのきまさしげ》は「悪党」と呼ばれていた。人なみはずれた知略をもって寡兵で大敵を破ることしばしば、その武功を讃え、それで「悪」といわれた事実がある。

源義平という平安末期の武将もいた。源義朝の長男で、頼朝の兄。十五歳のときに、父に従って叔父の源義賢《よしかた》（源義仲《よしなか》の父）と戦ってこれを破り、大将義賢を見事に討つという武勲をたてる。それで「悪源太義平」という異名がのちのちにまで残された。

鎌倉初期の武将に「悪七兵衛《あくしちびようえ》景清」といわれた平景清もいる。『平家物語』巻十一「弓《ゆみ》流《ながし》」の錣《しころ》引きで、とにかく有名で長々と書くまでもない。平家滅亡後の晩年の景清は、謡曲「景清」や幸若舞や浄瑠璃で名を後世に残している。

というわけで、同じ悪でも「悪人」「悪党」とはいささか趣きを異にして、びっくりするくらい悪に「強い」「男らしい」の意が昔はこめられている。そもそもが、これぞ本義なのではあるまいか。

わたくしが使う「悪ガキ」は、人並はずれたいたずら小僧ということなんですがね。

（二〇一六年八月）

悪ガキ時代の言葉

老いぼれになってくると、昔のことが懐しくなることが何となく多くなってくる。自分の子供のころのことを思いだすとき、しきりに「悪ガキ」とお書きになっていますが、「ワンパク」といういい方もあるのに、なぜこっちを使わないのですか、という質問をときどき受ける。「そんな恐れ多いことを」と答えるとびっくりする人が多い。

「そもそもワンパクは漢字で書くと腕白。これはネ、その語源は関白《かんぱく》。『関白も元わんぱくの御末也』といって豊臣秀吉のことをうたった川柳がある。将来、大物になるいたずら坊主が腕白なんで、俺はそんな大それた育ちではなく、ただの手に負えないいたずら小僧でしかなかったので、悪ガキこそがふさわしい、ということさ」

こんな暢気《のんき》な話をしていると、そういえば小学校の同級生の女の子にはお転婆とか、おしゃまとか、そんなヤツもいたなと、自然に子供の頃の下町言葉がよみがえってくる。その語源が気になって調べてみる気が勃然として起った。で、以下はその結果——。

輸送手段として昔は伝馬《てんま》という官公専用の馬がいた。情報伝達のために遠距離をかけぬく元気ハツラツ、多少荒れ馬のほうが実によく働いた。この伝馬に転婆の字があてられて、若くてピンピン、はねっ返りの娘のことをオテンバというようになった。

おしゃまのほうは、どうやら「猫じゃ猫じゃとおっしゃいますが、猫が下駄はいて杖ついて、絞《しぼり》の浴衣《ゆかた》で来るものか」という江戸時代の流行歌に出所があるらしい。この〝おっしゃいます〟がつまって〝おしゃます〟、さらに〝おしゃま〟となって猫の意になった。猫は人間なんか相手にしないで自分勝手に近所をのし歩く。そんな猫のように男なんか無視して闊歩《かっぽ》する生意気な女ガキをこうよぶようになったのだという。ただし、こっちはどこまでほんとうかわからないが……。

もう一つ、じゃじゃ馬という可愛げのない女の子をいう言葉もあった。あばれ馬のように言うことをきかず、口やかましい女の子の意味で、邪々馬と書くとその感じがピッタリする。さらには、蓮っ葉な女、お茶っぴい、アバズレと、片っ端から調べたのであるが、読者には女性も多いであろう。総スカンをくうのは御免、このさき短い人生、爺いはこれにて退散する。

（二〇一七年八月）

お屠蘇に酔って

ずいぶん前のこと、先輩の漢学者どのから教えられたことがある。

「年の初めの正月なる言葉、これは中国の古典の、いわゆる五経の一つ、孔子の編とされる『春秋』に初めて出てくるんだが、ご存じかな」

思わずへェー、となった。

「じゃ、正月って紀元前の言葉なんですか」

「ウム、その『春秋』の隠公《いんこう》元年のところに〝元年、春、王の正月〟と出てくる。それが初出ならん、というんだ。〝正〟とは、この場合〝基準となるもの〟の意で、そこから〝一〟の意が出てきて、すなわち一月のこととなる」

もういっぺんへェーとなって、

「いわゆる春秋の筆法というやつで、デタラメではないんでしょうね」

といったら、漢学者どのは蛸入道のようになって、怒鳴った。

「バカもんッ、正真正銘の話だ」

さて……光陰矢のごとしで、二〇〇九年のお正月を迎える。なにとぞ、世界が平和で穏やかな一年でありますように。活動ままならぬ老骨となって、屠蘇《とそ》酒にちょっぴり酔って、ますますそう祈りたい気持ちになっている。

この屠蘇酒であるが、ちかごろの巷《ちまた》ではだいぶ薄れたようであるが、正月にはこれをのむことが、昔からの習わしであった。わが下町の悪ガキのころには、よく屠蘇酒に酔っぱらって、〽旅ゆけばァ、駿河の道に茶の香り……と、広沢虎造の浪曲「石松金毘羅代参」をうなり、大人たちの大きな拍手をもらって鼻を高々としたものである。

この屠蘇酒もまた、正月という言葉と同様に、中国から伝来のもので、古くは西域から伝わって、唐の時代に広くおこなわれるようになったものという。そもそも屠蘇という言葉は、悪い鬼を屠《ほふ》って死者を蘇生させる、という意味であるそうな。そこから正月にふさわしい目出度い薬酒ということになった。そして本来は大黄《だいおう》、山椒《さんしょう》、桔梗《ききょう》、肉桂《にっけい》などの薬草を紅い袋に入れて、除夜の夕刻に井戸に吊るしておき、元日にこれを酒に浸してよく濾《こ》して飲むのであるという。中国では「一人飲めば一家病なく、一家飲めば一里《さと》病なし」といわれていた。

「ところで、何で紅い袋に入れて井戸に吊るすんですかねエ」

と訊ねたら、漢学者どのは、

「少しは自分でも調べろ」

と不機嫌そのものにのたまわった。あの見幕《けんまく》から察するに、さすがにご存じなかったらしい。といって、こっちは調べてみる気もいまのところ起きていない。


（二〇〇九年二月）

埋火の記憶

近ごろの人には「埋火」と書いても、正しく読める方はいないであろう。当然である。

〝うずみび〟と読む。

昔は火《ひ》鉢《ばち》という暖房具が家庭にはかならずあった。炭がカッカと赤く燃えて、冬の寒い日などそれはそれは有難いものであった。火のついた炭は残片をとっておいて、つぎの火種とした。それで小さくなった燃え残りを灰の中に埋めておく。そうすると、炭は不思議に生命を長く保っていて、灰をかきわけてみると、中から燃え残りの小さな炭が真ッ赤な顔をみせるのである。これを埋火といった。

わたくしの子供のころ、炭に灰をかけることを「いける」ともいった。恐らく埋けると書くのであろう。生垣《いけがき》とか生簀《いけす》とか、「いけ」という言葉はいまもわずかに残っている。

小学校六年のとき、クラスにタミちゃんという女の子がいて、埋火あるいは火をいけるという言葉を聞くと、その同級生のことが想いだされてくる。当時の下町の子は小学校を卒《お》えると、上の学校へゆくもの、すぐ家業をつぐもの、奉公に出るもの、親の貧富によって押しくらまんじゅうをして一緒に遊んだ子供たちの未来はさまざまであった。いや、中学校や女学校へ進むものはむしろ数少なかった。

担任のＷ先生が、卒業式を前にしたある日、こんな話をした。

「ある大店《おおだな》で、毎晩たくさんある火鉢の灰に、誰知らぬ間に手形が残されているのが問題になった。気味悪がった主人が、ある夜、物蔭にひそんで様子をうかがってみたんだな。すると、奉公に来たばかりの少女が現われて、一つ一つの火鉢に手形を押しはじめた。いたずらの現場を見つけてやった、と思ってコラッと怒鳴りとっつかまえコツンとやった。彼女は泣き泣き、なぜそんなことをしているかを小さな声で語ったという。主人はそのわけを知ってびっくりした。なぜって……彼女は火の気のあるなしをいちいち調べていた、火事になっては大変だと思って……。主人はそれを聞いて心から感じ入った。そして主人は……」

話がここまできたとき、タミちゃんが机に突っ伏して、薄い肩をふるわせていた。合わせるように教室のあちこちからむせび泣く声が聞こえた。

その晩のふきすさぶ木枯《こがらし》の記憶とともに、いまもその声が忘れられない。

（二〇一九年一月）

寅さんの生まれた年

下町生まれのわたくしには、葛飾《かつしか》の柴又《しばまた》はたいして珍らしい土地ではない。つい先日も矢切《やぎり》の渡しに乗ったりして、久しぶりに帝釈天《たいしゃくてん》にお詣りしてきた。昔は参詣人も少なく、のんびりと参道のいろいろなお店をのぞくのが興味の中心であったが、いまは「男はつらいよ」のフーテンの寅さんで大賑わい。駅前には寅さんの銅像まであった。いやあ、恐れ入りました。

帰りの電車のなかで、ふと、そういえば寅さんは昭和何年生まれなのかなという疑問が湧いてきて、いらい気になって、さてさて、困ったぞ、という心持がつづいた。

監督の山田洋次さんがほぼ同世代の昭和六年（一九三一）生まれゆえ、寅さんも恐らくわたくしと同い年ぐらいなんだろうと見当はつけたが、確たる証拠はない。探偵としてはやはりきちんとした物証を見つけないことには落ち着けないのである。ところが、世には救う神ありで、映画通の友人にその話をしたら、彼がさっそく昭和四十四年（一九六九）封切りの『続 男はつらいよ』のDVDを送ってきて、「これをシッカリと観てみろ。疑問はたちまち氷解するぞ」といってきた。

で、目を凝らして観てみたら、映画のなかで寅さんはしきりと「俺は三十八年生きてきて」といったセリフを口にしている。とすると、昭和四十四年まで三十八年生きてきたということは……頭の中でパチパチとソロバンをはじいてみたら、彼は昭和六年生まれということになる。

なんだ、監督と同い年、つまり昭和五年生まれのわたくしの一歳下の男の子ではないか。しかも、わたくしと同じ悪ガキ育ちではないか。そして寅さんは敗戦の二年後、十六歳で家出したということになる。柴又はわたくしの住んでいた向島《むこうじま》と違って空襲を直接には受けていないが、いわゆる焼け跡派の一人である。戦前の軍国国家がぶっつぶれて、価値観の大逆転を味わった少年が、ちゃらんぽらんながら正義感の持ち主の「庶民派」になったのもムベなるかな。わたくしにはよくわかる。

彼はカタギの社会をドロップ・アウトして風来坊《ふうらいぼう》となったが、同じようにドロップ・アウトして世に反逆し、ぐんぐんと革命派的世界にのめりこんでいった友も何人もいる。昨日までの「鬼畜米英」から今日は「民主化」の旗振りへと、軍国大人たちのアレヨというほかはない変身をみせつけられて、信ずるものを失ったわたくしたち。往時《おうじ》茫々《ぼうぼう》、すべてが夢のまた夢。戦時下の狂暴といってもいい軍国主義を背景に、同じ少年時代を送った寅さんと多くの友。そのほとんどがあの世に逝っている。生き残ったわたくしはボソボソと、

〽奮闘努力の甲斐も無く……

（「男はつらいよ」作詞・星野哲郎／作曲・山本直純）

と寅さんの歌を歌っている。

（二〇一九年三月）

「ヒューどろどろ」の話

近頃の子供たちとは無縁になっているが、昔は夏の頃夕方になって薄暗くなると、「お化けごっこ」という珍なる遊びがあった。お化け役のやや年長の子が、何かのうしろに隠れて、突如として両手を胸のあたりにして手首の力をぬいてダラリと垂らし、精一杯におっかない声をだして「ヒューどろどろ」といいながら、姿をあらわす。幼い子どもたちが「キャーッ」とか「ウヒャーッ」と叫びながらいっせいに逃げる。ただそれだけの他愛のない遊びであったが、これがやたらにはやった。

わたくしもお化け役になるときは、母親の鏡の前で、「ヒューどろどろ」の練習を何べんもくり返して、われこそがいちばん気味悪いお化けたらんと精一杯やったものであった。顔にお化けらしく白粉《おしろい》か何か塗ったりしたかどうか、それはなぜか覚えていない。

ところでこの「ヒューどろどろ」とは、わたくしの時代の東京は下町の子供たちだけのものであったかどうか。いや、そうではないことを江戸時代の川柳でみつけた。

化け物はひゅうどろ〳〵で愚痴をいい（「梅暦」2）

なるほど、はるか昔から亡霊は「うらめしや」といいながら、ヒューどろどろどろとでてきたらしい。

そういえば歌舞伎芝居の幽霊は、ヒューという笛の音と、ゆっくりとした間《ま》で打ち鳴らされるどろどろどろという太鼓の音とともに、暗闇の中から、突如として、掌《てのひら》をだらりと垂らして出現してくる。

それも観客の予想もしないところから不意に出てきたほうが効果がある。

編集者であったころ、文士劇の黒子《くろこ》となって囃子《はやし》方の人たちと仲好しになり、このどろどろどろの太鼓の打ち方を伝授されたことが思いだされてきた。どろどろの鳴物には「大どろどろ」「薄どろ」「修羅」の三種があると教えられ、実際大太鼓を打って稽古してみたが、いまはすっかり忘れた。情けなや、年はとりたくないもの、というほかはない。もっとも「この幽霊太鼓を打てれば、一人前の大太鼓打ちだ」といわれるそうで、一朝一夕でその域に達することは不可能なのは書くまでもない。

そして面白いことは、この「どろどろ」はそもそもが雷鳴に発するのであるそうな。カミナリを現代人は「ごろごろ」ときめているが、昔の日本人はこれをどろどろとも聞いたのである。

いまでも九州のどこかの県（大分県？）では、雷さんを「どろどろ様」とよぶというではないか。ホントかね？


（二〇一九年九月）

あぐらと正座

幼少時代、よく大人に大声で叱られたものであった。

「まったく行儀が悪いヤツだな。お前はキチンと正座ができないのか。ガキのくせに大人の前でアグラをかきやがって」

こっちも負けてはいなかった。

「でもお寺さんの仏像はアグラをかいているよ。オレは仏様のまねをしているんだい」と。

そんなことが最近しきりに思いだされてくる。老齢になって足腰が弱り、礼儀正しく正座するのがすこぶる難儀になってきて、すぐにアグラをかきたくなるからである。それでアグラについて余計なことながら調べてみたくなった。

　さて、その結果、驚くなかれ、正座とは茶道がさかんになってからできた言葉で、日本はその昔、床に座る方法としてはアグラだけであったのである。つまりこっちが日常的に自然な座り方であった。

　狭い茶室のなかに大勢の人が座るのには、アグラじゃ場所をとってまずい、自然とそれに合わせた合理的な座り方として正座が考えられた。このため茶道の作法に合わない座り方を「あぐら」と呼ぶようになった。

　とわかれば、なるほど平安朝の男子の束帯《そくたい》、女性の十二単《じゅうにひとえ》といった貴族の重たくてぜいたくな衣裳じゃ、とても正座なんかできない。当然のことあぐらをかく（または組む）ほかはない。正座が礼にかなった正式の座り方ではなかったとすぐにわかる。いまに残る絵巻物のお姫さまはみんなあぐらや立て膝で座って集っている。紫式部や清少納言の正座姿など見たこともない。そういえば、テレビの韓ドラ時代劇なんかを観ていると、宮廷の女性たちはみんなあぐらをかいている。

　いまは漢字をあてると胡坐と書くが、その昔はあぐらは「胡床」と書かれていたという。つまり貴族などが用いる腰かけを表わす言葉であった。窮屈でない毎日を送るためには、低い椅子を使ったほうが楽、で、日本人も古くは胡床や木の台に座っての生活をしていたのだという。

茶道に発したきちんとした畏《かしこ》まる座り方が、江戸時代からどうやら正座と呼ばれて、こっちのほうが日本人の正式の座り方になったらしい。迷惑千万な変化といえばいえるが、たまには威儀を正すのも修養のためにはいいことなのかも知れない。

悪ガキ時代に説教を垂れた人たちはみんなあの世にいってしまって、以上の反論ができない。残念である。

（二〇一八年八月）

東洋一の橋の跳開に臨む

隅田川畔に育った悪ガキにとっては、ここは一番、何があろうと〝動く橋〟を見物に行かねばなるめえ、と弁当持参で出かけていった。当時の仲間の秀才クンに尋ねたら、「初の勝鬨橋《かちどきばし》見物か。残念ながら、あれは開通式の日じゃなかった。だって、当日は金曜日だぜ、学校があったんだよ。翌々日の日曜日に大挙して出かけていったんだな。ワイワイ騒ぎながら、二十三番系統の市電に柳島から乗って、吾妻橋二丁目・東両国緑町・門前仲町ときて月島通八丁目まで、道はるばるの大遠征であったな」

で、その日は昭和十五年（一九四〇）六月十六日と判明。おごそかなる開通式は二日前の十四日に終わっている。それも長久を願って親子三代による渡り初めでなく、八の字に開いている橋の下をくぐる〝くぐり初め〟で祝われたという。

ところで、勝鬨橋という名のこの橋は、全長二四六メートル、隅田川の下流、つまり東京湾への河口に、築地と月島をつなぐ晴海《はるみ》通《どお》りに架かっている。本来は左右の鋼の橋桁がそれぞれ七〇度に開く「シカゴ式跳ね橋」というのだそうである。可動径間は四四メートル。昭和五年十二月の東京市議会で可決、八年に着工、完成まで七年かかっている。十五年に開催の万国博覧会の会場予定地が月島、水上から会場への〝歓迎門〟の役割を期待されていたらしい。しかし、完成したときは万博も中止、空しいものとなる。

昭和十五年といえば、「紀元二六〇〇年」と威勢はよかったが、阿部信行、米《よ》内《ない》光政、さらに近衛文麿へと首相はくるくる代わり、軍部のリードによって戦時体制がいよいよ強まっている。万国博とともに東京オリンピックもこの年に華々しく開催されるはずであった。が、ヒトラーの電撃作戦がヨーロッパを席捲している。第二次世界大戦の勃発で、とてもオリンピックやエキスポどころの騒ぎではない。「ぜいたくは敵だ」の看板が東京のあちこちに立てられたのは八月のこと。そんな重く息苦しいときに、〝動く橋〟勝鬨橋の完成はまこと明るい話題であったのである。

　われら悪ガキが「東洋一」を誇った橋の跳開に勇みに勇んだのもムベなるかな。二日遅れようとも、われこそが初見参の心意気に燃えていた。と書いてはみたものの、橋がググググと持ち上がる様の記憶はうやむや。かの秀才クンもしっかりとは記憶には止めていないらしい。

　なるほど、当時の橋の開閉運転は、四月〜九月は午前五時三十分、八時三十分、午後零時、三時、六時三十分の五回（十月〜三月は午前六時三十分、九時三十分、午後零時、二時、四時三十分の五回）。きっと午前十時ごろに着いて、待ちくたびれてふぁあふぁあと欠伸ばかりで、感激が薄れてしまったのか。

　そこで作家安岡章太郎氏の、橋が完成して間もなくの実見記で代用する。

「時間がくると、チンチンチンと鐘が鳴って、幅の広い道路が眼の前でムクムクふくれ上がるように持ちあがって橋が開く。と、傾斜した道路がスベリ台のようになって、路面の塵や埃が空から舞い下りてくるのが、ふと幻想の中に現実が入り混ったような壮大な感じがした」（「隅田川」、朝日新聞社編『流域紀行』より）

詩人サトウハチローも「東京今昔記」（「改造」昭和十六年二月号）に、「堂々たるハネ橋が、青空を区切ったり、平らにしたり」と詩的に描いているそうな。

勝鬨という名は、架橋地点に勝鬨の渡しがあり、そこからとったもの。日中戦争下の連戦連勝のご時勢とは関係がないらしいが、その勝鬨の渡しの命名だって……三島由紀夫『幸福号出帆』にこんな一節がある。

「かちどき橋を渡る手前の右側に、大きな碑が立っている。（中略）待ち人がなかなか現われないので、敏夫はつれづれに、読みにくいその碑銘を読んだ」

その昭和十五年十二月に造られた碑銘である。書き出しに「明治三十七八年の戦役（日露戦争）に於《おい》て皇軍大捷《たいしょう》す。京橋区民は之《これ》が戦勝を記念し、此処《ここ》に渡船場を設け、勝鬨の渡と名付け……」とある。当時は旗行列や提灯行列で「勝った、勝った」と浮かれている真っ最中。命名者はうまい名をつけたぞと得意であったに違いない。ちなみに碑のおしまいは「皇軍戦勝の記念となす」である。いまになれば、どことなくキナ臭くはあるまいか。

橋には何ら罪はない。なのに戦後は、いまも開閉しているだろうか、と気にすることもなくなった。一度わたくしは、昭和二十二年（一九四七）から走りだした第十一系統の都電（新宿駅―月島通八丁目）に乗って橋にさしかかったことがある。ちょうど跳開の時間とぶつかってしまって、水上と橋上からボアーボアーとサイレンを鳴らし合う音を聞きながら、えんえんと待たされ腹立たしく思った記憶がある。「勝鬨橋開閉運転規程」によれば、「一回の運転時間は二十分とする」とあるから、二十分は待たされたのであろう。

　こんど久し振りに雨の中を橋上に立ってみた。隅田川は幅広く橋も雄大で、雨後の晴色またたのもしからん、とあたりの風景が楽しめた。右岸には魚市場が薄むらさきに煙っている。天気ならば、その向こうに浜離宮庭園が望めることであろう。上流には、これまた想像のなか、倉庫群の並ぶ彼方に聖路加《せいろか》病院の尖塔が見えて……。

　橋は昭和四十三年（一九六八）三月に開閉を完全に停止した。それでも四十五年十一月までに機械点検のため四回開いてみたらしい。この記憶はない。以後、永遠に開かずの橋となる。六十余年前に熱狂し〝動く橋〟を見にきた悪ガキも、禿頭の翁となって、動かざる橋上でただ往時茫々と立ちすくむ。天また涙してか、梅雨の雨足はひどくなる一方であった。

（二〇〇二年九月）

向島界隈

「春雨だ、濡れて行こう」とシャレるには、いくらか無粋な、強い雨の降る日がつづいたが、すっかり暖かくなった。わたくしと若干縁のある越後なら、行き交う人に「春らの、あったかくなったのう」という挨拶になる。これが鹿児島だと「春でごわす。ぬくうなりもした」となり、大分「ばされえぬくうなったのあゃ」、松山「春ぞなもし」、京都にくると「ほんまにええ陽気どすなあ」、長野「春でやすない、ぬくとくなったねも」、そして宇都宮「春だんべー」、仙台「春だっちゃねぇー」、秋田は「あったげなったべな」となるのであるそうな。ただし、一時代前の言葉である。いまは日本全国どこへいっても同じテレビ的標準語で、味気ないことおびただしい。

ところで、わたくしは生まれも育ちも東京は向島。いわゆる隅田川の向こう側、場末の下町ッ子である。「クソッ、やっと春になりゃがったな」ぐらいの乱暴きわまる東京言葉で老骨になるまでやってきた。わが故郷はどう考えても言語的にはほめられない環境というしかなかった。

ところが、その向島の粗雑なところがいまや人気の場所となって面喰らっている。武蔵野のムサシにちなんで高さ六三四メートル、世界一高い塔といわれる東京スカイツリーなるものが、かつてのわたくしのチャンバラごっこやベーゴマなどの遊び場といっていいところに突っ立ったのである。

正直なところ、馬鹿と煙は高いところに昇りたがる、と悪態を昔からついているわたくしは、東京タワーのときもそうであったが、まったくといっていいくらい関心がない。なるほど、浅草あたりの高いところから隅田川をへだてて眺むれば、それなりに楽しめる一景ではあるが、さりとてわざわざ行ってみる気はサラサラ起こらない。

そもそもがこの向島界隈《かいわい》というところは、街並みこそごちゃごちゃしているが、いとも静かないいところであった。その昔、スカイツリーのちょっと北にはずれたところに、文豪幸田露伴翁が住んでいた。住む家を蝸牛庵《かぎゅうあん》といった。いまは小さな公園になっている。そして東京大空襲にも焼けずにすんだ建物は、愛知県犬山の明治村に移築されて残されている。それにしても、明治三十年（一八九七）から大正十三年（一九二四）まで三十年程、露伴翁はどこが気に入ってこの向島に住みついたのか。あけっぴろげで人情細やか、寄りかかるように軒を接したなごやかな人の集まり、そして当時にあっては静かな田園のたたずまい、それらがよかったのであろうか。

「何心もなくあるき居たる夜、あたりの物淋しきに不図《ふと》初蛙の声聞きつけたる」

それがまことに風情があると、翁はエッセイ「春の墨堤」に書いている。

わたくしが戦争末期に都立第七中学校（現、墨田川高校）に入学したころ、静かな田園のたたずまいとまではいかないけれども、かなりそうしたやさしい風情が墨堤界隈には残されていた。それは間もなく三月十日のあの大空襲で焼きつくされてしまったが……。

隅田川と向島といえば在原業平《ありわらのなりひら》の『伊勢物語』であろう。

「しろき鳥のはしとあしと赤き、しぎの大きさなる、水の上に遊びつつ魚をくふ。京にはみえぬ鳥なれば、みな人見知らず。渡し守に問ひければ、これなむ都鳥といふをききて、

　名にし負はば　いざ言問《ことと》はむ都鳥

　　わがおもふ人は　ありやなしやと」

都鳥というのはユリカモメの異名である。冬に日本に渡ってきて四月ごろふたたび北へ帰る。全体が白く、くちばしと脚とが赤い。その数が川面に多くみられるときは、風が強く、海が荒れている日とわかる。

この『伊勢物語』にちなんで、浅草から出る東武鉄道の隅田川を渡った最初の駅が、王朝の貴公子の名をとって業平橋であった。浅草からの鉄橋が架けられていないころはここが始発駅であった。その由緒ある業平橋がこんど東京スカイツリー駅と、あまりにもあっさり無残に変えられてしまった。言問《こととい》橋と業平橋はいわば対で成り立っている向島の名物であったものを、と老骨がいくら悔やんでもはじまらない。悪貨が良貨を駆逐するのは世の習いである。

橋といえば、スカイツリーが真っ正面に、いちばんすっきり見えるところとして、やや東のほうの十間《じっけん》橋が話題になっている。この世の中、何が契機《きっかけ》で名所になるかはかり知れないが、あの変哲もない橋がと、いささか驚いている。

いまでもハッキリ想いだせる。昭和二十一年（一九四六）秋、この橋の架かる北十間《きたじっけん》川で、焼けた船を薪にするつもりで、ある人が竿で突いたら、下から土左衛門がぽかんと浮いてきた。大空襲の夜、飛びこんで溺れ死んだ人の残りなのだろう。

「姿かたちをとどめない臭い死体の中に、うなぎの野郎がいくつも首を突っ込んで、腐肉をくらっていたというでよ……」

と語るおばあさんに出会ったことがあった。昭和二十年三月十日夜、その臭い死体に、わたくしはもう少しでなるところであったのである。

今年の五月二十一日は生きのびたわたくしの八十二歳の誕生日、その翌日の二十二日が東京スカイツリーの開業日。消えた業平橋駅付近を中心に北十間川をはさんで向島界隈はどんちゃん騒ぎで賑わうことであろう。風流は華美な文明にとってかわられるものよと、それを白い目でみながら「老骨は消え去るのみか」とぼやいている。

（二〇一二年六月）

ボートと渡し　隅田川の記憶

大学の対校選手としてボートを漕いでいた昭和二十年代には、まだ隅田川にはいくつかの渡しが残っていた。

そもそもが、徳川家康が江戸城を改築したころ、隅田川は東の防衛線で、橋を架けることを禁じていたのである。川越えはほとんど渡し舟。渡し銭は長いこと一文であった。明治になり五厘から一銭、大正に二銭に値上げ。いまなら百円というところか。

それでその隅田川の、ボートレースの決戦場であった浅草と向島をつなぐあたりの渡しといえば、水神、橋場（白鬚《しらひげ》）、寺島、竹屋（言問）などがあったそうな。とくにいま桜橋と言問橋が架かっている中間あたりの竹屋の渡しが有名で、向島に住んでいた幸田露伴も森鷗外も、堀辰雄も、なんどもこの渡しに乗っていた。

そういえば、隅田川での日本最初の本格的な競漕《レガツタ》は、明治十六年（一八八三）六月三日の海軍競漕大会。明治天皇の行幸を迎えて、東京中がわき立った。「陸も水も人と船にて、両岸の家々に物干しまで桟敷《さじき》したれば、さながら人山を築きしが如く」と新聞が報じている。

予選・準々決勝・準決勝とレースがすすんで、

「勝利の度に打ちあぐる花火は玉の大きさ三百斤《きん》にて、爆発の度、水煙十余丈、こい、ふな、中空に舞い、なまず、ます天半に飛ぶあり、水滴降り来ること雨の如し」

という記述もあるが、この花火は、水雷の間違いならん。爆発で脳震盪《のうしんとう》をおこした魚が河一面に浮いた。川の交通はいっさい遮断で、休業の竹屋の渡しの船頭が、浮かんだ魚をしきりと網で掬《すく》いあげていた。古きよき時代の川は清らかに澄んでいたから、川水で顔を洗ったり、うがいをする客もあったという。

わが選手時代、レースコースの途中に、竹屋カーブという名称は残っていたが、直接にはこの竹屋の渡しそのものを、わたくしは残念ながら知らない。昭和三年（一九二八）二月中旬ごろに廃止されてしまっていたからである。すぐ近いところに、約二三九メートルの言問橋が架けられたためにである。

いま、言問橋上に立ち、あたりを眺め渡すと、いいしれぬ悲哀感にせめられる。魚も住めない川と恐竜のように頭上をのたうち回る高速道路。景観を滅ぼすことなしに高度成長なく、高度成長なくして戦後日本なし、ということなのか。墨堤の片隅、言問橋のちょっと下手に、明治天皇行幸碑が寂しげに立っている。

が、実は、ここに特筆大書したいのは、その行幸碑のお隣に「漕」という堂々たる碑が立てられていることなんである。日本近代化の先駆となった隅田川のボートレース隆盛の昔を偲んで、全国の大学や高校のＯＢが一致協力して平成二十八年（二〇一六）九月に建てたもの。なかなか堂々とした碑で、その碑文は僭越《せんえつ》ながらわたくしが書いた。ぜひ一度は足を運んでご覧になっていただきたい。

（二〇一九年六月一日）

第六章　わが銀座おぼろげ史

無敵鉄牛大行進

銀座の歴史はすこぶる古いから、世代の違う人が百人集まれば、百の違った物語が描かれることになる。わたくしが「銀座」という名を耳にしたのはいつなのか、さっぱり覚えていない。

生まれたのは昭和五年（一九三〇）五月、東京は向島区、隅田川の向こう側の悪ガキ育ちである。そのころめったにないことであったが、ご褒美《ほうび》にと行けたのは浅草どまり。そこから地下鉄に乗せてもらってはるばる銀座へなどは、夢のまた夢の話であった。

晩酌《ばんしゃく》の相手をさせられながら、わたくしの生まれる直前の三月、「帝都復興祭」でおやじが銀座に行ったときの見聞を、顔を真っ赤にして、得意そうに語るのを聞かされた。それが銀座の名を聞いた最初かもしれない。

「仮装行列、音楽隊大行進、花電車、そして小学生の旗行列がつぎからつぎへと銀座の大通りを行進するんだ。そりゃもう豪勢なもんでな、東京全部が空き家になったかと思われるほどじゃった。見上げれば両側のビルヂングの窓という窓からは見物人の首が突き出ておった。わかるか、ビルヂングというのはバカ高い建物のことだ。英語《イイゴ》でそう言うんだな、覚えておけ」

越後出身のおやじのイとエがごちゃごちゃのこの話は、何度も何度も耳にタコができるほど聞かされた。銀座は龍宮城《りゅうぐうじょう》みたいな所なんだという悪ガキの憧れは、ふくらむばかりであったが、好運はそんなにたやすくはめぐってこなかった。

しかし、天は見捨て給《たま》わず、戦前にたった一度、なんと銀座へほんとうに晴れ着をきせてもらって行く機会があったのである。昭和十四年（一九三九）一月八日、「無敵鉄牛大行進」という大パレードに、おふくろがわたくしを連れて行ってくれたのである。戦車部隊の大デモンストレーションで、代々木練兵場から日比谷、数寄屋橋《すきやばし》、尾張町（銀座四丁目交差点）、京橋、須田町をへて靖国神社まで、戦車が何十台も轟々《ごうごう》とキャタピラーの音を響かせ大地を揺さぶって行進する。

「数寄屋橋にかかると（中略）一瞬に歓呼の爆発だ、数時間も前から溢《あふ》るる観衆が旗を振る、帽子を振る、襟巻《えりまき》を振る――日劇のダンシングチームが八十名感極まって、飛出して来て万歳を叫ぶ」

と当時の新聞は報じている。それはもう腰が抜けるほどの勇壮な大絵巻。小学校三年生のわたくしは、軍国少年ではなかったが、宙に浮くほど興奮した。本物の戦車を、それも走るのを見るのは初めてで、それよりもなによりも「ここが銀座なんだ」と、いま思えば松屋の前で、何度も飛んだり跳ねたりした。残念ながら、そうやって〝鉄牛〟を黒山の人の頭越しに見ようとしたが、見えなかった。そして目の前にそびえる時計塔をのせた建物を指さして、おふくろが、

「あれはネ、服部時計店と言ってネ、お前より二つ年下の昭和七年生まれなんだよ。でも、お前より立派だねえ」

と教えてくれたことは覚えている。音はすれども姿は見えずであったし、鉄牛大行進のあとで銀座でなにか食べたのかどうか、ぜんぜん記憶にない。ことによると、銀座で食事なんて恐れ多くてと、おふくろは地下鉄でわざわざ浅草まで戻って気楽なところですませたのかもしれない。

（二〇一五年一月）

アイスクリーム

この銀座初のお目見えのあと、この国は戦争に突入、下町ッ子が銀座へ出かける機会な

どあろうはずはなかった。そして戦争が終わって、銀座も空襲で壊滅したことを新聞の写真などで知ったが、生まれ育った向島も焼け野原、そこに建てた掘っ立て小屋みたいな家に住む身には、銀座どころの話ではなかった。

戦後もやや落ち着いてきた昭和二十五年（一九五〇）。これはハッキリしているが、一月二十六日、わたくしに銀座再訪のときがめぐってきた。前年の夏、当時京橋にあったと思う癌研で胃ガンの手術をし病床にあるおやじが「アイスクリームを食べたい」と言いだしたのである。術後、医師に「手遅れで余命はあと半年、好きなことをさせてください」と告げられていた。で、おふくろが言った。

「こんな冬の真っ最中に、焼けちまった浅草じゃダメだろうけど、銀座ならなんとか工面できるんじゃないかと思うよ」

「よしきた、お安いご用だ」

「富士アイスか、資生堂か、ライオンへ行けば、きっとあると思う」

そんなサジェスチョンをうけて勇んで大学一年生のわたくしははるばる銀座へと出かけていったのである。

十一年ぶりに見る銀座の復興は、もう目を見張るほどに進んでいた。二階建ての小ぎれいな本建築の店がずらり。通りの両側に露店がびっしり、千軒を超えるんじゃないかと思った。そこをアメリカ兵や何国人とも知れぬ外国人が重なるように往き来する。そして横文字の氾濫、ただヘェーと思うだけ。時計塔のあるかのビルヂング（？）はＰＸの看板がつけられて外国人専用。松屋もそうではなかったか。これじゃどこが富士アイスやらライオンやらさっぱりわからない。銀座は占領軍の租界になってしまうのではないかと、柄にもなく憂えたりしたものである。

なにより仰天したのは四丁目の十字路の真ん中に立ち交通整理をしているお巡《まわ》りさん。白ヘルメットの占領軍のＭＰ（憲兵）がやっていると聞いていたのに、日本人に代わっている。が、そのあざやかな手ぶり身ぶりは、戦時下の「おい、コラ、待て」のおっかない巡査とは天と地ほどの違いである。のちにそれもＭＰからうけたアメリカ式手信号の特訓によるものとわかったが。

当時ひっきりなしに走る都電は三系統あって、東西の十一番（新宿―四谷―日比谷―銀座―月島）と九番（渋谷―青山―三宅坂―銀座―浜町）。南北の二十二番（南千住―浅草―日本橋―銀座―新橋）。ジープ、外車、都バス、輪タク、自転車、荷車、それと大群衆とも言える歩行者。それらが輻輳《ふくそう》、ややこしく交錯するのを、十字路の真ん中、ゼブラマークの木製の台上で、ピッピッピッと笛を鳴らしながらさばくみごとなパフォーマンス。三越前でしばし魅せられていたら、隣に並んでいた外国人夫婦が「ブラボー」「ワンダフル」なんて叫んで拍手喝采したのを覚えている。まさに名人芸！

肝心のアイスクリームであるが、やっぱり銀座にはあった。でも「食べるまでに一時間余りもかかっては」と二店で断られ、三店目で事情を話して無理矢理承知してもらった。親切なお店がどこであったか忘れてしまい、申し訳ないと思っている。

家に着いたらやっぱりアイスクリームはだいぶ溶けていたが、おやじは実にうまそうに食った。フムフムと、一味一味ゆっくり賞味しつつ、「いい心持ちだから歌うか」と言って歌いだした。

〽どうせ一度はあの世とやらへ／溶けて流れて行く身じゃないか

（「流転」作詞・藤田まさと／作曲・阿部武雄）

おふくろが横を向いてそっと瞼《まぶた》をおさえるのを見ながら、わたくしは「〝溶けて〟ではなく〝落ちて〟が正しい歌詞なんだがな」と、親不孝まるだしで、そっと呟いていた。

三日後、おやじは息を引きとった。享年四十八。いまもアイスクリームを見ると、このときの調子外れのおやじの歌声がよみがえってくる。

（二〇一五年一月）

入社試験の話

当時の地番でいうと、中央区銀座西五丁目五番地ということになる。昭和二十七年（一九五二）秋、わたくしはどうした拍子かいわゆる〝常識単語〟というむつかしい筆記試験に合格し、二次の英語と作文の試験にもとおり、三次の最終面接のために、みゆき通りの中ほどにある文藝春秋新社に初めて出頭した。

五階建ての、窓々におしゃれな日よけをもつ瀟洒《しょうしゃ》なビルで、へェー、オレ様は銀座のまん真ん中の、こんなモダーンなところの住人になるのかよと、まだ合格してもいないのに早くも大きな鼻をヒクヒクさせた。

それはともかく、地下鉄から地上に出てほぼ三年ぶりにみる銀座の大通りは、復興は目ざましいのに妙にスカスカして、ちょっと戸惑ったが、理由はすぐにわかった。びっしり道の両側にあった銀座の風物詩の露店が消えていた。それで道はいっそう広くなり、行きかう外国人の姿もほとんどなくなってしまって、どこか間が抜けていたのである。

聞けば、ＧＨＱの指令で前年の二十六年大晦日かぎりで露店は百年の歴史を閉じたのであるそうな。それも不衛生であるゆえに、というくだらない理由で。なんだ、翌二十七年四月には占領が終わり、日本は独立国になったではないか。ＧＨＱなんてクソ喰らえと露天商がもう少しがんばればよかったのになあ、とあとでわかってわたくしはおおいに地団駄を踏んだ。

さて、三次試験であるが、本社の建物の地下に文春サロンという社経営のレストラン兼バーがあって、残った六人の受験生が昼飯のご馳走にありついた。重役諸公が目の前にずらりと揃っていたから、これも人物鑑定のための仕掛けであったかもしれない。

西洋料理など生まれてはじめてお目にかかるこっちはハナから、「すみませんが箸をください」という不作法ぶり。そしてまずスープだけでお皿のごはんをペロリ。「なんだい、ケチくせえ会社だな。お汁《つゆ》だけのメシかよ」と思っていたら、また料理がでてきたのでごはんをお代わりしてペロリ。つぎの料理でまたペロリ、メーンディッシュの肉料理まで料理がでるたびにお代わりして都合五皿もサラメシを平らげた。もう一皿いただけますかと欲をだしたら、少し呆れた顔をした初老の紳士が、「そりゃァかまわんがね」といった。もう一人の若い痩《や》せた重役らしい人が口を添えて、「あとはデザートだぜ、キミ。それでもう一皿やるかね」と感に堪えたような声をだした。わたくしの就職試験の、つまりは銀座で洋食のコース料理をはじめて食べたおかしな思い出である。

この初老の紳士が社長の佐佐木茂索《ささきもさく》さんで、ずいぶんのちに「あんなに大メシを食っては、頭に血が回らず、常識問題の出来《でき》が悪かったわけだな」と笑った。

まさか大メシで合格したわけは金輪際《こんりんざい》ないと思うが、それから昭和四十一年（一九六六）春に会社が麴町《こうじまち》に移るまで、十三年余にわたる銀座での、昼も夜もおかまいなしの長い社員生活がこうしてはじまりはじまり、という次第なのである。

ところで、冒頭に入社当時の地番は銀座西五丁目とかいたが、これはわたくしのおぼろげな記憶によるわけではない。昭和の初めごろより銀座は一〜八丁目と銀座西一〜八丁目の「十六丁」で長いことつづいてきたが、わたくしの入社前年の二十六年八月に木挽町《こびきちょう》が銀座東と改称されて、銀座東一〜八丁目ができ、銀座は「二十四丁」になっていたのである。この東と西をとっぱらってもう銀座の呼称で一本化し、いまのように「銀座八丁」になったのは昭和四十四年のことである。

（二〇一五年二月）

みゆき通り

モダーンなわが社は、すでにかいたとおりみゆき通りにあった。

いまは銀座といえば夜の〝ネオン街〟にたまに出没し、行きつけの店に行くだけのロートルになってしまったが、その昔は鳥打ち帽子を横ちょにかぶり「モボ」を気どってあちこち歩いたものである。五〜八丁目を縦横に走る通りという通りは、さながら掌《たなごころ》を指すがごとくによく存じていた。数寄屋、並木、すずらん、花椿、交詢社《こうじゅんしゃ》、西五番街、金春《こんぱる》、そしてみゆき。それぞれの通りに大もてにもてる行きつけの店やバーが一軒や二軒は……なんて、これはウソ。ただぶらぶらして通りの名を心得ているだけである。

そんな与《よ》太話《たばなし》はともかくとして、昭和二十八年（一九五三）三月に入社した当時は、みゆき通りといってもあまり気にもとめなかったが、少したってからもともとは「御幸通り」とかいたのであると知って、歴史好きとしてはがぜん興味をもった。なにやらいわくありげな名ではないか、という勘はみごとに大当たり。

日比谷公園前、帝国ホテルの横を通って、東京宝塚劇場、山下橋ガード下をくぐり、泰《たい》明《めい》小学校から文藝春秋画廊前を通って銀座通りを渡り、松坂屋（現、ＧＩＮＺＡ ＳＩＸ）横を三十間《さんじっけん》堀埋立地から昭和通りまでつづいた一筋のにぎやかな本通り、それが御幸《みゆき》通りのそもそもなのである。

というのも、江戸幕府時代には木挽町あたりに屋敷のあった諸大名が江戸城へ登城するときの道筋がここであったのである。まさに天下の大通り。大名たちは松坂屋の裏あたりで供揃えをして「下ニイ下ニイ」とゆっくりこの通りをねって、江戸城へ向かっていった。いやいや、大名どころの話ではない。歴代の将軍徳川《とくせん》さまが浜御殿（現、浜離宮恩賜庭園）に江戸城からお成りになるときには、この道をお通りになった。それで御幸の通り名がついた。幕末、徳川慶喜《とくがわよしのぶ》が大坂城から逃げ帰って江戸城に戻ったときもまた、この道を通ったことに間違いはない。

つまり、はるか昔にはここはもっとも大切な東西にのびる通りで、銀座に数ある通りの中でもいちばん格式の高い道なんであるとわかって、がぜん気をよくした。「居は気を移す」という言葉がある。下町の悪ガキ育ちがそんな由緒ある通りにある会社に勤めるようになったんだぞと、まるで大勲位旭日章《だいくんいきょくじつしょう》でももらったような気になって、胸をピンと張ったものであった。

　で、いまも北側が五丁目で、南側が六丁目で、しゃれた喫茶店や飲食店や洋品店がずらりとならんで、ちょっとまぶしいくらいの通り。歩道はあざやかな煉瓦《れんが》のペーブメントという凝りようなんである。

　そして少々会社にも住み慣れて、自分でも驚くほど身綺麗になったころ、暇があれば、社の五階の窓からぼんやりと長時間、みゆき通りを行きかう人びとを見下ろすことを趣味とした。これはほんとうに楽しかった。何時間もあきることなく銀座人種を眺めていた。

　女性が日を追うごとにどんどんキレイになっていった。雨の日なんかも、傘、傘、傘がまん丸く重なって、眼下の通りを右に左に流れていく。それはそれはみごとな景で、はじめのころは黒い傘ばかりであったのが、そこに赤や青や緑のあざやかな色がまじるようになったのは、たしか昭和二十九年秋ごろから。銀座の華やぎは傘の色からはじまっていた。そして、この通りの特色でもある街灯のてっぺんの羽根をひろげた鳳凰《ほうおう》の飾りがそれによく似合い、色とりどりに右に左に流れゆく雲の上を飛んでいるかのように見えた。

（二〇一五年二月）

仮採用のころ

どうせすることもないのであろうから、といわれてわたくしは、三月一日に銀座みゆき通りの会社に初出勤した。さして広くない部屋に、いくつもの編集部がタテに机をならべ、仕切りとかカーテンもなく、やたらに混みあった編集局の真ん中に、新入り三人ぶんの机と椅子が用意されている。出勤一日目、どっちを向いても忙しそうな中で、日がな一日、ボーとそこに座っていた。ときには電話に出て取りつぎをすることもあったが、とにかくいまだ仮採用らしくただ雑誌などを読んでいた。

夕方になり、暗くなりはじめても、だれももう帰ってよろしいといわない。さしたる仕事もないのに、仮採用の三人雁首をならべていたって仕方がない、帰ることにしようか、とこそこそ話していたら、

「ウム、もう帰りたまえ。また明日来たまえ」と、すぐそばの編集部の編集長らしい人にやさしくいいわれて、すっかり恐縮した。

一日なにもしないのにくたくたで、三人で銀座通りの高いところのしゃれた店に上がって、ビールを飲みラーメンを食べたことは覚えているが、それがどこであったかはさっぱりである。まだぽっちり夕照の残る西の空に、富士山がくっきりとシルエットを浮かべていたのが、すこぶる印象的であった。まだ、銀座のちょっと高いビルから晴れた日には富士山が見えた、そんな時代であったのである。

こうして、空々漠々たる日々を送って何日かたった。ひょっとしたらオレたちはほんとうは要《い》らないのじゃないか、と思いだしたとき、「別冊文藝春秋」の編集長が大きな声でわれら三人に向かって、「その中で、酒が飲めるヤツがいるか」と声をかけてきた。わたくしはすぐに立ち上がって、これまた大声で答えた。

「ぼくは相当に強いです」

編集長が「それじゃ、キミにするか」と手招きすると、「桐生《きりゅう》の坂口安吾《さかぐちあんご》のところに行って、小説の原稿をもらってきてくれ。すでに頼んであるので行けばすぐくれると思うから、すぐに出かけてくれ」。

心の中でしめた、これで仕事らしい仕事ができると欣喜雀躍した。午後の混雑する銀座通りの人波をかき分けるようにして、家には「これから桐生へ行くから今夜遅くなる」と連絡して、ほんとうに勇躍して桐生に向かったのである。

ところが、である。突然の来訪者を快く迎えてくれたのはいいが、坂口安吾さんは、「エッ、文春の原稿？　約束した覚えなんかないなあ」といいだすではないか。びっくりしたわたくしは、言葉もでずに立ちすくんだ。すると、夫人の三千代さんがやさしい声で、

「でき上がるまでここにお泊まりになられるといいわ」

といってくれた。命ぜられてすぐ往復の電車賃だけをもって社を飛び出してきたから囊中《のうちゅう》はカラ、近所の旅館に泊まって待機するだけの余裕はないのである。でも、せいぜい一晩であろうからと楽観して、それではとご厄介になることにした。

業界用語で、原稿をとるため作家をホテルなどに閉じこめることをカンヅメという。この場合はわたくしが逆カンヅメになったわけである。しかも、なんと、ノホホンと一週間にもおよぶ逆カンヅメとなったのであるから、いま思い返してもこっ恥ずかしくなる。

でも、この一週間、毎晩酒をグイグイ飲みながら（安吾さんは冷や酒、わたくしは燗酒）安吾大先生の天衣無縫《てんいむほう》、奔放不羈《ほんぽうふき》の名講義をいろいろジカに聞いた。ちょうど安吾さんは『信長』を書き上げた直後で、歴史づいていたのであろう、話は古代史にはじまって戦後日本までの歴史。生涯にあれほど輝いた、値千金《あたいせんきん》の春の夜はなかったと思う。しかし、そ

のことについては別のところでくわしく書いたことがあるので略すことにする。

　ここでは戦前の銀座について、安吾さんがなつかしそうに語ったことを、おぼろげながら思いだしてみる。それはもっぱらカフェーの話。「銀座の酒場といえば、プランタンだのライオンだのタイガーだったな」と語りだして、「昭和何年だったか、ライオンがタイガーに身売りして、獅子の女がそっくり虎の女になったことがあったよ。おかしかったな。それよりなによりサイセリアのお京というのが、とにかく有名だったな。毎晩店が終わると、チップの銀貨を小さな風呂敷に包んで重そうにぶら下げて帰っていく、という噂が広まってな。〝まさかねェ〟とオレは思ったものであったがね」。

　ただしまだ作家になりたての、そのころの安吾さんは、肝腎のお京には会ったこともなかったようである。どのくらいの美形であったのか一言もなかったのであるから。

　さて、そんなふうにわたくしは一週間、安吾さんが自称する「歴史探偵」塾の門下生みたいなすこぶるいい気分でいたが、家を出ていったきり五日もなんの連絡もないのに気が動転したのがおふくろである。以下はのちにおふくろから聞かされた話になるが、六日目の夕方になって会社におそるおそる電話をかけてみたそうである。が、電話に出た向こうは、「えッ、ハンドウ……そんな名の社員はうちにはおりませんがね。なにかの間違いじゃないですか」とこっちの気も知らないで、あっけらかんといったそうな。

こんどは「えッ」というのがおふくろのほうで、桐生がどうの、原稿とりがどうのとくどくど説明すると、なにか内部でやりとりがあって、やっと安吾邸へ送りこんだ仮採用の新人のことを思いだしてくれたというのであるから、まことにのんき極まる時代であった。

その夜、安吾邸に「別冊」の編集長から電話がかかってきた。

「バカもん、一週間も泊まりこんで、いっぺんくらいは連絡するもんだッ。それに雑誌の校了はとっくにすんでしまっているのだ」

と怒鳴られて、すっかりしょげ返り、「原稿ができてもできなくても、明日帰ります。これで採用取り消しになるかもしれません」と申し出た。その夜、せっかく銀座のモボになれると思ったのに、やっぱり下町育ちには無理であったのか、としみじみと情けなくて涙をぽろりとこぼしたことを覚えている。

その翌朝、三千代夫人が四十枚の小説の半分だけを渡してくれた。マムシとよばれた戦国時代の武将・斎藤道三《さいとうどうさん》のことを書いた「梟雄《きょうゆう》」という短篇である。

そっと夫人が教えてくれた。

「昨晩一晩で書いたのよ」

「エッ、それじゃいままで一枚も……」

「そう、書いていなかったのね」

　ほんとうにこれには仰天した。

「残り半分は、向島の実家に帰る用事があるので、明日の午後、浅草駅で私がお渡しするわ。こんどは大丈夫よ、安心して」

　三千代夫人の顔が救世《ぐぜ》観音のように見え、じつはもう間に合わないらしいんですが、とはとてもいえなかった。

　一週間ぶりに戻ったみゆき通りの会社はなんにも変わっていなかった。相変らずどっちを向いても忙しそうで、仮採用の二人の姿もなかった。「別冊」の編集長には締め切りとはなんぞやとか編集者の心得をコンコンと説教されたが、かたわらの重役の一人である編集局長は、そっぽを向いてそれを聞いているだけでなにもいわない。それでわたくしは心のうちで「助かったあッ、これからバリバリ働きます」と喜びの声をあげた。

　席に戻ろうとすると、局長が、「半藤クン、キミゃあ、豪の者だなァ、でも将来が心配だなあ」と、呆れたような声をかけた。

（二〇一五年三月）

数寄屋橋の話

みゆき通りに本社のあった文藝春秋に無事に入れて、毎日銀座に通うようになり、その年の秋が来たころには、わたくしはいっぱしの通《つう》みたいに格好つけて銀座通りを闊歩していた（かもしれない）。そのへんの記憶はもう雲霞《うんか》の彼方にある。でも、銀座には人をそのように思わせる魅力、いや、魔力がたしかに秘められている。

月給は一万二千円。歌舞伎座の桟《さ》敷席《じきせき》の大人一人の観覧料七百円、ビール（大瓶）百七円、地下鉄乗車券（全線均一）十五円のころのことで、一般の会社よりちょっぴりは高給であったかもしれない。でも、会社が安く支給してくれる五階食堂の昼食をバカにして、「銀座の住人らしくいこうや」と、たしか百円はしたカレーライスなどを週にいっぺんは大奮発した。実をいえば痩せ我慢もいいところの、ひそかに懊悩《おうのう》しながらの一大決心であったのであるが。とにかく銀座の店はどこで食べても高かった。

その当時、作家や評論家は鎌倉や中央線沿線にお住まいの方が多く、国電（現、ＪＲ）

の有楽町駅を利用するために、数寄屋橋を渡ることがしばしばであった。橋などなくなって、なんのことかと思う人のほうが多いであろうが、その昔はいまの数寄屋橋ショッピングセンターと西銀座デパートと銀座ＩＮＺ《インズ》のあるところは江戸城の外濠《そとぼり》で、約一・一キロにわたり満々たる水をたたえていたのである。外濠に架かる橋だって、有楽橋、新有楽橋、丸之内橋、山下橋、新幸《しんさいわい》橋と……いや、これはのちに書く機会もあるであろうから略す。

　その数寄屋橋である。わたくしがその橋をちょくちょく渡っているころ、やたらに橋上で記念撮影をしたり、しばしたたずんで互いに凝視《みつ》め合っていたりの、そんな若い男女がほんとうにいっぱいいたことは覚えている。

「忘却とは忘れ去ることなり、忘れ得ずして忘却を誓う心の悲しさよ」のナレーションが、いまも語り草となっている菊田一夫原作の放送劇『君の名は』ブームの真ッ最中であったのである。前年（二十七年〔一九五二〕）の四月から、ＮＨＫラジオで放送開始のメロドラマ。そして翌年の九月に第一部公開の、佐田啓二・岸惠子主演の映画が空前の大ヒット。

　二人が数寄屋橋の上で出会ったのが昭和二十年五月二十四日、銀座が空襲で焼かれたのがその夜。二人が再会を約束するのが半年後の十一月二十四日、その間に八・一五の終戦がはさまる。当時は原稿をとるのが精いっぱいで、岸惠子の美貌にみとれている暇もなく、春樹も真知子もしょせんは縁なき衆生であったこっちも、へェー、うまい時代設定だな、とストーリーを知って感服した。

菊田一夫氏にずいぶんのちになって話を聞いたことがある。すれ違いの魅力とか、ナレーションの感傷性とか、北海道から雲仙にいたるまで全国旅行の巧みさとか、いろいろな分析があるが、と語ってから菊田氏は思いがけないことをいった。

「私のところに五十通ほどとどいたお年寄りの女性の手紙には、『若い夫婦の幸福の邪魔をしない賢い、愛される姑になろうと思います』とね。つまり、よき姑とよき嫁と、戦後の家庭革命のために非常に有益なドラマだったんですよ。それで当った」

ホントにそうであったのかどうか、ラジオも聞かず映画も観なかったわたくしにはわからない。でも、なるほどネ、と思った。

そんなことより、数寄屋橋とくると忘れられぬ武勇伝（？）の一席がある。入社した昭和二十八年は、サンフランシスコ平和条約発効で日本がふたたび独立国となった翌年であるが、銀座通りにジープの姿はほとんど見なくなったが、アメリカ兵はまだ大勢残っていた。

で、この年の十一月二十四日夜、酔った米空軍兵士三人が、夜の女のポン引きを数寄屋橋の上から外濠に投げこんで水死させた。占領このかた米兵の強盗事件や暴行事件はもうしばしばであったが、群衆の前で日本人が殺されたのは、これが初めてである。

さらにひと月もたたない十二月十八日深夜、浅草のサラリーマンが欄干《らんかん》によりかかって酔いをさましているところを、四、五人連れの米陸軍兵にいきなりかつぎ上げられ、同じく外濠に投げこまれた。生命は助かったが、屈辱的な事件である。朝鮮戦争後の米兵の殺伐たる空気がそのままもちこまれていたのである。日本の警察は手も足もでなかった。

事件の日付を覚えているのは、ヤマト男子としての怒り心頭に発したからである。アメ公の野郎メ、いざ仇討ちをしてくれんと、銀座裏の飲み屋で時間をつぶして何度も深夜の数寄屋橋に木刀をもって勇ましくも出陣していった。が、あいにくにっくき仇に出会うことはなかった。もし出会っていたら、どんなことになっていたか。想像するだけでいまも足がふるえる。これぞ武者ぶるい（？）かな。

念のために書くが、勇み立ったのはなにもわたくしだけではない。敗戦いらいのアメリカ色を一掃せんと、みゆき通りの商店街は花のパリのムードをめざして街路樹をニセアカシアに植えかえた。それくらいの反骨と美意識があったのである。

それともう一つ、深夜に眺めた数寄屋橋の橋灯《きょうとう》がなんともシャレていて、昼間は気づかなかったゆえ、ホトホト感心したことを覚えている。仇討ちなんか忘れるほどの美しさであった。

（二〇一五年四月）

女性美の革命

例によって社の五階から下の通りを行き交う人を眺めていて、女性がぐんぐん美しくなったのに気づいたのも、この二十八年の冬ぐらいから。とくに、このみゆき通りから戦後日本の美人が生まれたのではないか、と身《み》贔屓《びいき》でなくそう思っている。

「キレイな女《ひと》ばかり通りますね」

と、同じ五階から眺める趣味をもつ先輩にいったら、「さてはお前、ショート・カットの女が好きなのだな」といわれた。いわれてみてあらためて気づいたが、たしかに短い髪の女性が多くなった。先輩は女性専科というわけでもなかったろうに、じつに女性の美についてよく知っていた。

「要するにダ、今年の七月に伊東絹子がミス・ユニバース第三位になっただろう。あれは女にはものスゲエ〝事件〟だったんだな」

それで「八頭身」が一躍、女性美の基準となる。その結果、六頭身、六・五頭身ぐらいの女性たちがせめて髪を短くして、なんとか八頭身に近づこうといういじらしい心根からショート・カットが大はやり。それも銀座から。

「もう一つ、十一月にディオール一行が日本に来ただろう。これがまた八頭身に輪をかけた〝大事件〟というわけよ」

これまでのアメリカン・スタイルはこのために完全にひっくり返された。そして先輩はチューリップ・ラインだの、Hラインだの、Aラインだのと、いろいろと説明してくれたが、無粋な下町生まれには珍紛漢紛《ちんぷんかんぷん》。ただ、女性のスカートがいっせいに短くなったのには、ディオールさまさまと思った。

「さらに、例の『君の名は』の真知子巻きよ。ああやると、男には女がみんな岸惠子に見えるんだな。ハハハハハ」

この先輩のバカ笑いはいまも耳に残っているが、わたくしが入社した二十八年から二十九年は、日本女性がとにかく美しくなりだした年であることは間違いない。五階の窓からわたくしはそれをしっかりと確認しているのである。

（二〇一五年四月）

時計のある塔

先日、小津安二郎監督の名作『東京物語』をＤＶＤで久しぶりに観た。映画そのものは、わたくしが文藝春秋に入社した昭和二十八年に公開されたモノクロである。昨今のスピード感というのか、やたらに場面が転換するけたたましい映画とくらべると、骨董品的にまことに悠々閑々《ゆうゆうかんかん》たるもので、それだけに爺にはぴったり、ほんとうに娯《たの》しめた。しかも東京都心、それも銀座が丁寧に撮られている。もうだいぶ復興しているが、それでも戦後の銀座の姿と表情がいちばんよく出ている映画といえるのではあるまいか。

原節子《はらせつこ》演じる戦争未亡人の紀子が、広島県尾道《おのみち》から上京した老夫婦、義理の親にあたる笠智衆《りゅうちしゅう》と東山千栄子《ひがしやまちえこ》をはとバスに乗せる。東京見物とやらで、丸の内、皇居のお堀端を走って銀座にきて、松屋デパートの屋上にいっしょにのぼる。こっちがなになにで、向こうがどこそこでと説明をする。するとちょっと先の下町のほうにはまだ焼け跡があり、バラックが建っている。復興しつつある銀座と、まだ残る戦争の爪痕をあざやかに切り取った、じつに興味深い場面である。

わたくしが編集者になったころは、こんなであったのかと、齢《よわい》八十四の爺はしばし感慨にふけらざるを得なかった。そして、それにつけても小津さんは銀座四丁目の「時計塔のある服部」が好きなんだな、とあらためて感服した。それより前の作品の『お茶漬の味』にも『晩春』にも、カメラを据えて長々と時計塔を撮っている。まだＰＸ時代のこの建物を。執念深いというほかはない。しかも、早く日本に返せとＧＨＱに文句をつけているがごとくに。そういえばどの映画であったか忘れたが、セリフにだって出てきた。タクシーに「あそこの、ＰＸの角で停めて」と。

ＰＸ（Post Exchange）とは、いってみれば占領軍の酒保のこと。兵隊とその家族用の買い物施設である。まず服部時計店（現、和光）がＰＸとなったが、これだけでは狭いということで、ついで松屋銀座が接収されたのが二十一年四月。やむなく松屋はその裏手に木造二階建ての店舗を新築して頑張ったという。占領が終わって日本が独立した二十七年九月に接収解除、やっと日本人が買い物に出入りできるようになる。

と、昔話をまた長々とやったが、わたくしも、小津監督ではないけれど、この四丁目の角が好きなのである。編集者になってから三、四年たっても、まだでっかいビルもない銀座のどこからでも、さながら銀座のシンボルのように「服部の時計」が見えた気がする。それが大いに気に入っていた。あの文字盤の古くて新しいところがいいし、時を知らせるチャイムの音がよかった。

　ちょっとおぼろげな記憶になるが、あの時報のチャイムのもとはアメリカ製の二十一本のパイプの音。しかもとりつけられたのが昭和二十九年。なんでも電気仕掛けで実際にパイプをたたいてメロディーをつくって、それを増幅して塔からスピーカーで流していたのだそうな。そう聞かされて昼どきになるとわざわざ角の交番のそばまで出かけていって、なんども耳をすました覚えがある。なかに熱心な友もいて、

「間違いなく、あれはその時間の四十五秒前から三十秒間、きちんと鳴って、それから十五秒間、静かになったあと、カーンと時報の第一打が打たれるんだな」

　とおごそかに教えてくれたが、はたして正しいかどうかの保証はない。それに、この十年ばかり、チャイムが鳴るのを残念ながら耳にするチャンスはなくなっている。いまもそうなのかどうか、残念ながら確かめていない。

　　ある朝の銀座の街の時計台
　　　ものめづらしく仰ぎつつ行けり

歌人土岐《とき》哀果《あいか》の歌。もう一首、若山牧水の歌も。

　われと身のさびしきときに眺めやる
　　春の銀座の大通りかな

時計塔は直接に出てこないが、牧水もまた時計の針の動きを目にとめたに違いない。

（二〇一五年五月）

カンカン娘

銀座を歌った流行歌は数多いらしいが、小学校の唱歌の成績が丙《へい》（いまのC）のわたくしが声高らかに歌えるのはまことに数少ない。その少ない中で「銀座カンカン娘」はなぜか一番だけはきちんと歌える。テレビの歌謡番組で一度か二度、耳にされたことがある方も多いのではあるまいか。

〽あの娘《こ》可愛いや　カンカン娘

（「銀座カンカン娘」作詞・佐伯孝夫／作曲・服部良一）

と、いとも威勢のよろしい歌である。でも「カンカン娘」とはどんな娘なのか、と問われるとだれもが返答に窮《きゅう》してしまう。そもそもは島耕二の監督で、灰田勝彦、高峰秀子《たかみねひでこ》、笠置《かさぎ》シヅ子らが出演した、昭和二十四年八月に封切りの新東宝映画の主題歌なんである。わたくしが大学に入ったころである。映画は他愛《たわい》なかったが、作曲が服部良一で調子よく、高峰デコちゃんの歌った意味不明の「カンカン娘」の歌は見事なくらい元気よくて大当たりした。このなかに「誰を待つやら銀座の街角　時計ながめてそわそわにやにや」と時計塔が出てくる。この時計を腕時計のことと解するのは、日本語を、よく知らないやつと笑われる。腕時計とは「見る」ものであって、「眺める」ものではない。念のため。

　それにしても「カンカン娘」とはいかなる娘なるや。

　当時の新聞や雑誌がさっそくその所以《ゆえん》を探った記事を競って書いた。

「フレンチカンカンのカンカンだろう」とか、「カンカン帽のカンカンかな……」とか、いろいろと珍説妄説が入り乱れて、いっそう流行を煽《あお》りたてた。

　作詞者である佐伯孝夫が苦笑まじりに告白した。

「映画主題歌の注文がきたときには、もう映画のタイトルが決まっちゃっていた。カンカン娘ってなんのこと？　ってきいたら、まあ、いいようにやってくださいよ、ということなんでね……」

歌った高峰デコちゃんも、島耕二監督に、

「これって、どんな娘なのォ？」

と尋ねたが、ムニャムニャというだけで、もっともらしい返事をもらえなかったそうな。

要は原作者の一人の山本嘉次郎が、焼け跡からたくましく立ち上がった、生命力あふれる、やまとなでしこのイメージで、とにかく威勢よくカンカンとやったもの。意味はどうのとやかましいことをいうなと、ヤマカジさんはほざいたそうな。

いまにして思えば、この二十四年は一月にマッカーサーが日の丸掲揚を許し、東日本で初の競輪が大宮公園で行われ観客一万、五月に年齢を満で数えることにする法案が国会で可決、六月に国立新制大学六十九校が全国でいっせい開校……と、なんとなく、敗戦の空腹とひどい貧困から解放されつつある、そんな感じがしはじめたときであった。成人式が行われるようになったのもこの年である。

わたくしの記憶にはまったくないが、「ミス銀座カンカン娘」の募集なども銀座商店街がやって、大そうな景気づけも行われたとか。

なるほど、カンカンカンカンカンと槌音も威勢よく、戦後復興は銀座からの意気込みが感じられる歌であったのだな、とわかる。ただし、われら焼け跡からヨロヨロとうごめきだした男子は、「パンパンのつぎはカンカンかよ」と、いくらか気押され気味にぼやいたものであった。みゆき通りの会社の五階から眺めていると、赤いブラウスにサンダルの小娘が、昭和三十年ごろまで闊歩《かっぽ》したりしていたものである。

（二〇一五年五月）

四人の美女たち

昭和三十年（一九五五）一月、「銀座百点」が創刊されている。で、それから六十年、赤いちゃんちゃんこの還暦を迎えたことになる。まことに、めでたいことよ、である。

創刊号の「編集夜話」に、「編集は素人ばかりで、文藝春秋の方々にいろ〳〵お世話になりました」とある。おぼろげな記憶では、お手伝いの特権があってか、全社員にできたての創刊号が配られ、いち早く読んだような気がしている。が、じつはそんな気がしているだけであったのかもしれない。

というのも、あらためていまその第一号をパラパラめくっていたら、あるところにきて眼球がおっ飛びださんばかりにびっくり仰天したからである。なんと、そこに文藝春秋婦人記者座談会という記事が載っているではないか。それをその昔に読んだ覚えはまったくない。ついに老耄《ろうもう》その極みに達したかとおおいに歎《なげ》かざるを得ないのである。

そこに居ならぶ四人のお姉さまたち、わたくしにとっては全員がやさしくもオッカナイ先輩になる。前にもふれたが新入りの第一日、三人の新人が雁首をならべてすることなくボーッとしていて、やがて昼になったとき、ひとりの女子社員が「あなたたち、ついていらっしゃい」といって、五階の社員食堂に導いてくれた。そして「この人たち、きょうから入った新入社員ですから」といって昼めしをつくっている人に紹介してくれた。「あなたたちも、しっかり名乗って、登録してもらったらいいわ」といってニッコリ笑った。その笑顔の美しかったこと！

その女《ひと》が四人の中にいる。そういえば、あの日の夕暮れ、三人でビールを飲みながら「綺《き》麗《れい》な人だなあ」「鈴を転がすようないい声だったな」と絶賛し合った。中のひとりは「もうオレはあの女の奴隷になりたい」とまでいったくらいであった。そんなことを思いだすと、「銀座百点」編集部に、なぜ「婦人記者」ではなく「美人記者」としなかったのかと、いまになって抗議を申し立てたくなっている。

四人の先輩のうち三人の方はまだお元気で、あるいはこの原稿を読まれるかもしれないので、これ以上余計なことは書かないことにする。ただ話されている内容を少しく引くことをお許しいただきたい。昭和三十年ごろの銀座の風俗風物がよくわかるからである。

《高松　にくまれ口から始めるとして、銀座で一番腹の立つことつて、なんでしょう。

小山　道路の悪いことね。

高松　私もそう。実に汚ない。敷石《しきいし》が浮いているところがあるでしょう。あれに乗るとハネがあがるの。会社へくるまでに、そういうところが三、四ヵ所あるの。気をつけているんだけれども、ついふんじやつてシマッタ！　と思うの。》

この話、ちょっとばかり疑っている。三十年ごろの銀座はもうずいぶん整備されていたように思われる。商店の前には打ち水がしてあるのが普通であったし、大通りには散水車が走っていた。水しぶきが日光の加減で小さな七色の虹をつくることもあった。そんな記憶がわたくしにはある。

《西村　（中略）銀座つて灯のつく頃になると急に生き〳〵綺麗になるでしょう……。それに銀座つていう街は時間によつても歩いている人達が違つていますよ。たまに出てみる

と、日曜のお客さんは全然違いますし。》

たしかに戦後の日本にあって、銀座に出かけてくるときだけは、人びとの顔は晴れやかになっていた。

《岡（中略）銀座のよさはどういうところと言われると判りませんね。四、五日、会社を休んだりすると、無性に来たくなるんですけれども……。それで、唯もう街の空気に触れると、何だか人心地がつくような。》

これもいくらか同感である。

《小山（中略）朝出てくる時よくわかりますわ。九時から十時頃に通る人は、これが銀座の勤め人かと思うくらい地味なんです。それが午後になるとパッと色彩が派手になりますね。週に一回とか、月に一回、ごくたまに銀座を目指してくる人たちの群なんでしょうけれど。（中略）ですから、私たちは銀座に住みながら、凡《あら》ゆる銀座人種とは違うわけじゃないでしょうか。

高松　私の友達も銀座へ来る時はおめかししてきます。そして私の恰好みて、呆れてる……。》

いやいや、お姉さまたちみなさん、結構おシャレというか先端をゆく恰好のよさで毎日出勤してこられていたと思いますよ。ところが、男どもは、となると——。
《岡　（中略）綺麗だな、素晴らしいな、と感歎するような人には遇ったことがないの。
（中略）
高松　（中略）ヘンな男の人ばかり目についちゃうの。例えばトレアドール・パンツみたいのを穿いている若い男とか……。
小山　キザな浮わついた感じの男性が多いわね。》
と、もうさんざんなのである。つまり彼女たちの周りにいる男ども（たとえば下町の悪ガキ育ちのわたくしなど）にロクなやつがいなかったということなのであろう。

（二〇一五年六月）

文春の引っ越し

その昭和三十年、せっかく花の銀座で最高のみゆき通りにあった本社が引っ越しすることにきまった。この話を耳にしたときは、相当にガッカリした。

社業はますます順調、というより誇張でなしに「出すものはすべて売れる」絶好調にあることはわかっていた。例年なら三、四人の新入社員も、この年は十人を超える大人数を採っていた。

こうなってはそれでなくとも狭くて窮屈で、もう押すな押すな。先輩がうしろを通るたびに、新人は椅子を机にペタンとつくぐらい引き寄せなければならず、楽々と仕事もできない。

「芝居の落人《おちうど》じゃないけれど、東京の田舎暮らしは嫌だねえ」

「なにをぬかすか。貴様が生まれたところの墨田区は南葛飾郡なんとか村だったんだろ。生粋の東京ッ子みたいなことをいいやがって」

なんてことをコソコソいい合っているうちに、経営陣がとりあえず銀座西八丁目の日航ホテルの斜め前、Aワンビル買収をきめたと知らされて、その夜は〝銀座にいられるんだ〟と祝杯をあげて深夜まで騒いだことを覚えている。

改装が終わって、新社屋が完成したのがその年の秋である。地下をふくめて七階、フロア面積は五丁目のビルの倍はあった。しかも、五丁目にはなかったエレベーターつきである。いかに楽しい思い出に満ち満ちていようとも、みゆき通りからサラバサラバとなったのである。いまの西銀座通り（外堀通り）に本社が移ったのが十一月三日。

となって、「わが銀座おぼろげ史」は自然に様相を変えることになる。同じ銀座でありながら、みゆき通りと西銀座通りでは大袈裟《おおげさ》にいえば〝空気〟が違う。色が違う。光の流れが違う。八丁目に移って間違いなく〝会社〟になった。一階が販売局、二階に総務局と業務局、四階が編集局と出版局、五階が社員食堂……と働きやすくなったが、外を通るのはサラリーマンばかりで四階の窓から下を眺めていても退屈するだけ。みゆき通りの汲めど尽くせぬ抒情《じょじょう》の流れは、残念ながらまったく失せてしまったのである。

（二〇一五年六月）

長井代助と銀座

夏目漱石の小説『それから』に、銀座が出てくる場面がある。十二章で、主人公の長井代助が八丁目から一丁目までの大通りを歩いている。それは朗らかに風が往来を渡る午後のこと。

「代助は二三の唐物屋《とうぶつや》を冷かして、入用《いりよう》の品を調《ととの》へた。其《その》中に、比較的高い香水があつた。資生堂で練歯磨《ねりはみがき》を買はうとしたら、若いものが、欲しくないと云ふのに自製のものを出して、頻《しきり》に勧《すす》めた。代助は顔をしかめて店を出た。紙包を腋の下に抱へた儘《まま》、銀座の外れ迄遣《や》つて来て、其所《そこ》から大根河岸《がし》を回つて、鍛冶橋《かじばし》を丸の内へ志した」

香水は、ことによったら惚《ほ》れてしまった人妻の三千代のために買ったのであろう、なんて、ヤボな詮索はこのさいよしにして、ここで注目したいと思うのは、大根河岸と鍛冶橋という名前である。いまの高速環状線の下、銀座一丁目から有楽町方面へ向かうところは、明治から大正にかけて大根河岸とよばれていたのである。『それから』は明治四十二年（一九〇九）に書かれた小説。間違いなくそのころはここに京橋川が流れていて、その岸に船がついて、朝夕の二度に青果市場がたっていた。それで東京市民にはこの川岸がダイコンガシとよばれて親しまれていた。

いまは一筋の川も堀も、銀座にはまったくありません。されば河岸《かし》とよばれるところのあるはずはない。

が、長井代助が生きていた明治の末ごろ、銀座界隈にあった河岸は二十七。大根河岸、竹河岸、白魚河岸、日比谷河岸、材木河岸、明石河岸、稲荷河岸、将監河岸エトセトラと、その名もそれぞれにまことにうるわしかった。

そもそもが銀座の歴史とは、埋め立てではじまり、埋め立てで発展し、また埋め立てで……であったのである。徳川家康が慶長八年（一六〇三）に諸侯に命じ、千石に一人の割合で人夫をださせ、神田山の土をとって大々的に埋め立て工事をした。こうして京橋・銀座・築地一帯ができた。『徳川実紀』によると、新町名はすべて人夫を多く出した国の名をとることにしたらしい。加《か》賀町《がちょう》とか出雲町《いずもちょう》とか尾張町《おわりちょう》というわけである。

さて、人工的につくった埋土《うめつち》地帯であるから、水のはけ口が必要となってくる。そこで銀座のまわりに川や堀がつくられてぐるりとめぐらされる。西に外濠、東に築地川（いま高速一号線）、北に京橋川、南に汐留川《しおどめがわ》（いま銀座ナイン）、そして真ん中を流れていた三十間堀（面影まったくなし）であったのである。

川や堀があれば当然のことながら橋が架けられる。といって、江戸時代には橋に軍事的拠点の意味があるから、そうめったには架橋されない。外濠には数寄屋橋と山下橋の二つきり。なにしろ橋の向こうの日比谷側はサムライたちの住居、江戸城への入り口であるから、町人たちの自由な出入りなんか許されない。いまのマリオンのあるところに南町奉行所があって、大岡越前や遠山の金さんがおっかない眼を光らせていた。

『それから』の長井代助が丸の内へ出るのに遠く鍛冶橋までいったのも、いうならばごく自然のことであった。

　大正十二年（一九二三）の関東大震災がこの様相を一変させた。橋がないため逃げ場がなくて大惨事となる。あわてていくつもの橋がどんどん架橋された。外濠でいえば、新幸橋（昭和四年）、新有楽橋（大正十五年）、丸の内橋（昭和五年）という具合である。それやこれやで銀座をとりまく川と堀とに架けられた橋は、ぜんぶで三十もあった（連絡橋もいれるとそれにプラス二となる）。銀座はベニスに劣らぬ水と橋の都。東西南北、どこからでも、胸おどらせて橋を渡ることが、銀座への道であったのである。

（二〇一五年七月）

じじいの歎き

　なんでまた、そんな昔ばなしを長々と講釈するのか、と叱られそうであるが、わたくしがまだ若かりしとき、銀座にはその川も橋も健在であったからである。五丁目から八丁目へと文藝春秋の社屋が移ったので新橋駅を利用するようになったが、朝の通勤のとき汐留川を渡るのに、きょうは土橋《どばし》でなくて難波橋《なんばばし》とシャレてみようかなどと、思案黙考するのも楽しみの一つであった。

築地のほうから銀座に入ろうとするとき、ふと万年橋の上に立ってあたりを見回す。前方に三原橋のモダーンな橋灯がのぞまれ、右に歌舞伎座の賑わい、目の前の新橋演舞場、うしろ東劇、それぞれの窓の灯が川面にゆらめいてキラキラしている。やや左にまがってゆく流れの向こうの采女橋《うねめばし》の上には、あでやかな新橋芸者らしいシルエットが渡っていく。そんなとき、われはまずしき銀座の遊子《ゆうし》、ひとり悲しむと、そんなことを口の端にのせて悦に入ったものであった……。

くり返すが、ああ、それなのに、というロートルじじいの歎きを、永井荷風の名作『日《ひ》和下駄《よりげた》』の一節に託したい。

「もし今日の東京に果して都会美なるものが有り得るとすれば、私は其の第一の要素をば樹木と水流に俟《ま》つものと断言する。山の手を蔽《おお》ふ老樹と、下町を流れる河とは東京市の有する最も尊い宝である」

わたくしはふといまでも美しい錯覚を抱いて、ハッとすることがある。それは、もうおぼろげになりつつあるが、跡かたもなくなった橋と川の幻影なのである。

　霧ふればあやめもわかず出雲橋を
　　わたりてわれの行方知らずも　　吉井勇

　竹河岸に立てかけし竹の声寒し
　　細かに見ればその尖《さき》の揺れて　　北原白秋

　一月は築地の橋を四つ五つ
　　越えつとのみに外のことなし　　与謝野晶子

それにしても、さっき三十間堀と書いたが、実をいうと、わたくしはこの堀のことは知らない。吉井勇の歌の出雲橋はこの堀に架かる橋であったが、わたくしが知るのはその名のみである。この堀は戦後も間もない昭和二十四年（一九四九）に埋め立てられてしまった。汚いからというのが理由であったというが、戦災による瓦礫《がれき》の始末に困ったお役所が、いっそあの堀を処理場にしてしまおうと考えたことに発するようである。

　そしてつぎに外濠が……八丁目のわが社の裏で大工事がはじまったかと思ったら、あれよという間もなく昭和三十二年に姿を消したのはよく覚えている。翌年は築地川。京橋川はいつであったかこれは記憶にない。そして毎日渡っていた汐留川が埋め立てられ土橋がなくなったのが三十六年。三十九年三月の新橋センター（現、銀座ナイン）三号館の完成をもって、銀座からはまったく水がなくなった。

　これはわたくしの勘ぐりであるが、銀座商店街にさしたる抵抗があったとは、どうしても思えない。国や都のマイカー時代に備えてという政策に、かなり同調したのではあるまいか。

「要は、金と技術さえあれば、どんな芸当でもできるんだ、という戦後の成金主義で美しい街をぶっこわした、と評するほかはないね」

と、いまはなき出雲橋際にあった小料理屋はせ川で、わたくしはおおいにオダをあげたものである。

「どうしてこんなことができたのかって？　きまっとるよ。東京の水路をなす水面はすべて公有だから、土地の買収・補償なんかいらん。金に換算すれば、というお決まりの経済効率優先の自然破壊よ。日本全国にさきがけて、どんどんぶっこわしていった」

　そんな気《き》焔《えん》も、いまはおぼろ。いまさらいうこともなし。

（二〇一五年七月）

出雲橋「はせ川」

　文芸評論家の河上徹太郎さんが『厳島閑談《いつくしまかんだん》』というエッセイ集のなかで、小料理屋「はせ川」について書いている。長々と引用する。

「高級な料理屋ぢやないですよ。しかしね、窓の下が三十間堀で、向ひの岸に舟宿があり、そこに貸舟がつないであつた。あの三十間堀は南北に通じてゐるから、『はせ川』のはうから見ると、西陽が向ひ側の舟宿にカンカン当つて、それが川波に反映してゐてね――あれは忘れられない風情ですね――そこへヒュッと入ると、石川淳が一人でその窓際に坐つて、初夏になると川風に吹かれて鰹なんか食つてましたね。夕方になると盛装した芸者が二、三俥を連ねて出雲橋の上を木挽町へ向つて行く。その下をたまにアベックがボートを漕いでくぐる。あの情緒はちよつと『吉野屋』にはなかつたですよ」

　この出雲橋のたもとにあった小料理屋「はせ川」は、わたくしの銀座史にあっては特筆しなければならない店なのである。もちろん、わたくしがちょくちょく暖簾《のれん》をくぐっていたころは、三十間堀は埋められてなくなっていたし、当然のこと出雲橋もない。窓をあけてもここに描かれている情緒たっぷりの風景は見ることはできない。でも、河上さんや石川淳さんが通っていたころの店の雰囲気は、そのままに残っていた。

酒は菊正宗の樽酒、酒の肴は枝豆、湯豆腐、くさやの乾物、刺身はなんでもあったし、焼魚に鍋物もあった。経木《きょうぎ》に筆で品書きがしたためてあり、値段も書いてある。へっぽこサラリーマンでも大丈夫の値段である。おかみさんの湖代《こよ》さんの「いらっしゃいまし」、その娘の葉子さんの「アラ、いらっしゃい、きょうは早いのね」に迎えられると、いっぺんに心が安らぐのである。

暖簾には、清水崑《しみずこん》さんのカッパの絵と、三好達治さんの詩が紺地に白く浮いていた。

「もとこれ三十間堀の河童ども／棲むに水なき境涯を／頭にベレをちょんとのせて／重きリュックをやつこらさのさ／流れもせまき長谷川に／数もつどひに踊るかな／さあさあれはいさの旅の空」

二階の広間には大きな屏風《びょうぶ》がいつも立ち、清水崑さんの描くところのカッパがいっぱいいて、じつにいい機嫌の酒盛りに興じていた。でも、現実には、酒中に文学あり、酒と文学が切り離せない関係にあった時代である。酒席は痛論、激論の場であり、怒声が飛びかっていた。ただし暴力沙汰はまったくない。あまりやっつけられて口惜し涙をボロボロこぼしていた若い小説家の姿を、しばしば見かけておおいに同情した。きっと二度とはこなくなるだろうなと思ったのに、懲りずにまた議論仲間が懐しくて、宵ともなれば「やつこらさのさ」と暖簾をくぐってくるのであるから、ただびっくりするばかり。

小林秀雄、井伏鱒二、横光利一、永井龍男、中山義秀《なかやまぎしゆう》、吉田健一、中島健蔵、大岡昇平、高見順、河上徹太郎の姿をよく見かけたが、戦前からの常連であったという。昭和三十年代になって吉行淳之介、遠藤周作、山口瞳、安岡章太郎と選手交代の感があったが、笑声、罵声、嘆声が飛び交うこの上なく楽しい場であったことに変わりはなかった。

当時の文藝春秋には「無冠クラブ」と称する懇親のための平社員だけの集まりがあった。これが毎年春の新入社員を迎えると、盛大な歓迎会をこの「はせ川」の二階でひらく。ただし、女性社員は加えない。はじめはそれほどの人数ではなかったから心配なかったが、三十年代も半ばになると思いもかけないほどの大人数、大重量となる。

おかみさんが、がぜん心配しだした。床が抜けたらどうしようというのである。そこで前日に大工をいれて床の落ちる危険性はなきかを毎年のように確認することにした。「大丈夫ですよ、静かにやるから」というわたくしの言を、葉子さんはまったく信用しない。

「なにをおっしゃる、半兵衛さんよ、ですよ。自分がだれよりも先に裸踊りで大狂いするくせに。私、存じているのよ。でっかいアレを。毎年見てるから」

これにはギャフンとなった。読者もこの言葉で、なぜ女性社員を加えないかが判然とするであろう。

その「はせ川」もいまはなくなっている。川も橋も店もなくなった。くり返すけれど、銀座が〝島〟であったうるわしい伝統はすべてないのである。そして裸踊りをしなくなってから、もう五十年になる。

（二〇一五年八月）

お稲荷さん

なくなった、といえば、八丁目の社屋に移ったころ、ななめ前の日航ホテルの並びに、八官《はちかん》神社という神社があったのであるが、いまもあるのであろうか。

別に信仰心が厚いというわけではないけれども、ときどきお詣りした覚えがある。八畳敷きほどの鉄筋コンクリート造りのミニ神社であったが、その拝殿にあがって暗いところで正座してじっと動かず一心に祈っている若者の姿を見かけたりして、一瞬ギョッとなったおぼろげな記憶がある。そういえば、もう一つ、これもおぼろげ話なのであるが、この八官さまには英文のおみくじがあった、のではなかったか。どうもこの辺は老耄してきているので定かではない。堂にあがる若者がいたり、英文のおみくじがあったりしていたのであるから、はたして八官神社には宮司さんがいたのであろうか。

　この神社にお詣りしたついでに、銀座にあるお稲荷さんを片っ端からお詣りして歩いた記憶がくっきりと残っている。なにしろわたくしの生まれは隅田川の向こう側の、向島区（現、墨田区）にいまもある三輪里稲荷神社、通称こんにゃく稲荷の真ん前、いうなれば境内のなかにあったのである。毎年の初午の日、竹串にさしたこんにゃくを売りだす。食べると一年中風邪を引かない、という縁起ものなんであるが、それでかならず食べていたが、しょっちゅう風邪を引いていた。

　というわけで、お稲荷さんのお狐さまとは悪ガキのときよりずっとコンコンたる知己《ちき》なんである。それで銀座の住人となったからには、と仁義をとおすことにしたのである。

　昭和三十年代には、銀座に十一のお稲荷さんの祠（屋敷神をのぞく）があったと記憶している。一丁目から順に幸稲荷、銀座稲荷、朝日稲荷、宝珠稲荷、宝童《ほうどう》稲荷、あづま稲荷、

靏護《かくご》稲荷、清澄《きよすみ》・玉樹・伏見稲荷、豊岩稲荷、成功稲荷、金春《こんぱる》稲荷。

　これを一日で歩いて回って、二礼二拍手一礼とていねいにお詣りしたのであるから、ずいぶんくたびれた。新橋演舞場とか東映旧本社ビル屋上やらにあったりして、いまはもっと結構な数になるらしい。銀座は国家豊穣を心から祈願する殊勝な街なんだなとちょっぴり驚いている。

　そもそも日本の稲作は、狐が外国から盗んでこの国に伝来してきたもの。日本古代の高天原族は稲荷大神によって農業国家を形成し、日本は「瑞穂国《みずほのくに》」となった、というのが神話にある。稲荷神社につきものの初午の祭だって、元明《げんめい》天皇の和銅《わどう》四年（七一一）に京都の伏見稲荷大社が鎮座したのがちょうど午の日だったところからきている。この国にとって、その大事なお稲荷さんを、銀座の街は昔から大切にしてきたのである。近ごろはやりの七福神めぐりの向こうを張って、銀座お稲荷さんめぐりをやったら……。これは妙案だと思うのでありますがね。

（二〇一五年八月）

舞台風という近ごろはあまり耳にしない言葉がある。拍子木一つで厚ぼったい緞帳《どんちょう》があがると、舞台のほうから客席へ一陣の、ほこり臭さと大道具のペンキの匂い、それに木の香などがまじった〝絵空事の世界〟の風がさあーと流れこむ。これを舞台風といい、この風に身も心も巻きこまれた人間は、芝居の世界から容易に抜けだせなくなるという。

わたくしは東京は向島の生まれ育ち、たらちねの母の胎内にありしころより、土地柄で芸事への憧れと熱心さとがわがうちに根強く張られていたようである。幼少のみぎりには剣舞に詩吟（そういえば昔の下町には、この道場がかならず存在していた）、蓄音機《ちくおんき》で覚えた落語（というより小噺や軍中膏ガマの油の口上など）や浪花節（三門博《みかどひろし》の唄入り観音経や寿々《すず》木《き》米若《よねわか》の佐渡情話や広沢虎造の石松金毘羅代参・三十石船）のお粗末なら、いまでも流暢にやってのけられる。

〽旅ゆけば、駿河の道に茶の香り、名代なるかな東海道、名所古蹟の多いところ……

ところが、途中で戦争、撃ちてしやまむで、芸事どころではなくなってしまう。

もし戦争がなければ一芸に秀でた通人になっていたものを、と悔やんでいる間もなく戦いは終わる。が、食うや食わずで芸事どころではなく、食いもののことだけ考えてべんべんと暦日をすごして、芸がいちばん身につく年齢をはるかに超えてしまう。

ああ、世は無情……。

そんなこんなの無念を心に秘めていたためか、文士劇の裏方を命ぜられたとき、まことに舞台風が心地よくわが身に感ぜられたことをよく覚えている。頭のてっぺんから足袋《たび》の裏まで黒一色の衣に憂き身を隠し、舞台でうろちょろしながら開幕五分前の拍子木を聞くときの、身震いするほどの緊張感。劇はすべて滞ることなく進んで、大団円の幕がするする下りてくるときの、「わあ、終わった！」という涙と笑みが溢れ出るような解放感。まったく憂き世を離れて架空の世界を生きるということは楽しいものであった。雑誌編集とは違った、そんな、お芝居にして初めて味わえる喜びに浸りながら、オレは職業を間違えたかもしれんな、とほんとうに思ったものである。

五丁目から八丁目へ文藝春秋の社屋が移転して、その翌年の昭和三十一年（一九五六）から三十三年まで、なにが記憶に残っているか、といえば、編集者としてのそれよりは、この文士劇の黒子で大奮闘したことがいちばんである。文士劇そのものは東京宝塚劇場で興行（?）されたから、銀座史からははずれるが、その稽古は歌舞伎座の稽古場で、カツラ合わせや衣裳合わせは八丁目の社の五階でやったから、銀座と無縁というわけではない。

その日の午後三時ごろから夕刻まで、三々五々に出演の先生方が無理に時間をつくってやってくる。それで、こんな笑い話（失礼！）も起こったりする。

「アッ、お知らせするのを忘れていました。先生はカツラ合わせも衣裳合わせも必要ありませんでした」

「エッ……そうか、そうなんだよなあ。オレは京は三条河原の乞食《こじき》の役。乞食にはカツラも衣裳もいらねえな。このまんまでいいわけだ」

大度量の某先生は心よく許してくださり、たちまち銀座のネオンの中にスタコラ消えていった。登場する作家・評論家・漫画家の先生は、ほとんどの方がいまは幽明《ゆうめい》を異にしている。まさか天国から名誉毀《き》損《そん》罪に問われることはないと思うが、とにかく珍芸・妙芸、奇抜・奇警の芸の数々は、滅多に見られるものでなかった。客席も爆笑につぐ爆笑。舞台で大きな身体を小さくしてプロンプターをやっていたわたくしも、何度も吹きだして科白《せりふ》をつけることができなかったことが懐かしく想いだされる。なれど、いまははるか昔のものがたり。

（二〇一五年九月）

柿色の鉢巻

昭和三十一年の文士劇の目玉は吉川英治『宮本武蔵』であった。文士劇はそれまで古典歌舞伎の演目が中心で、せいぜい菊池寛『父帰る』か『屋上の狂人』ぐらいがときたま演ぜられるにすぎなかった。それが、この年は冒険的に二つの新作をだすことになったので、総指揮の二代目市川猿之助（初代猿翁）丈も三代目市川左團次丈もたいそうな苦労をされたことであった。

当時のプログラムに毎年「あらすじ」を書くのも黒子の仕事。つまりは若き日のわたくしが書いたものであるが、あまりの懐かしさにどうしてもその一部でも引用して若気の至りをお目にかけたくなった。いい気なものよと、君、笑い給うことなかれ。

「拍子木一ツ鳴るとまずは芽出たい正月一日、東山を背に立った武蔵・石川達三の颯爽たる姿は、これが初舞台とは思えぬ武者振りです。それかあらぬか『武蔵の気持ちがよくわかる』と稽古中ふと洩らした一言、これを佐々木小次郎・川口松太郎が何で聞きのがしましょう。『あれだけ人を斬ってまだ悟れぬなれば、拙者が巌流島《がんりゅうじま》で斬り捨ててやる』と、楽屋でもこれ丁々発止！」

いま思うとこの芝居ほど忙しい芝居はなかった。石川武蔵先生は実によく奮闘したし、われら裏方も頑張った。幕間《まくあい》なし、すべて暗転の一時間二十分の七場のあいだ、武蔵は入っては出、出ては入り、入っては出、水一杯のむ暇もなかった。台本が（中身はよくできていたのであろうが）主演者も裏方もトウシロウであることを完全に無視したシロモノであったからである。

決闘を終えた武蔵下手《しもて》に入る、で一場が終わるとつぎの場は、吉野太夫（武原はん）待ちうける座敷に武蔵上手《かみて》より出る、となる。裏方社員の一人が下手で待ちうけて一乗下り松の決闘に生きのびて引っこんできた武蔵をそれッと拉致すると、階段をころげ降り、奈落を駈け足で抜けて、階段を這って昇り、上手の舞台すそに連れてくる。待ちうけたわれら二人の黒子がソレッと飛びかかり、刀を腰から抜きとる、鉢巻をとる、タスキをはずす、羽織を着せる。右と左の草鞋《わらじ》を脱がせる。パタパタパタパタと汗をとる。

「先生、先生、右脚を持ちあげて」

「なにをいってるんだ。左脚を持ちあげているんだぞ。右脚を持ちあげたらひっくり返ってしまうじゃないか」

「それでもかまいません。草鞋をとるんです。さあ、右脚をあげてッ」

もう石川武蔵と大喧嘩である。

すべての場がこの調子であるから、巌流島の決闘が終わって幕がしまったときには、裏方全員が駅伝ランナーのようにヘナヘナと、舞台のすそで崩れてしまった。

巌流島の決闘といえば、プログラムに「小次郎の長剣が宙を切る、武蔵の柿色の鉢巻が真ッ二つになって飛んだ」とあるように、実際に武蔵の柿色の鉢巻が真っ二つに斬られて飛ぶのである。このシカケが実によくできている。もともと二つになっている鉢巻を太い靴紐のような紐でつなぎ、その紐を長く腰の下あたりまで垂らしておく。

武蔵は、小次郎と最後の一太刀を交わすとき、木刀といっしょにその紐を右手の指の間にはさむ。そしてエイ、ヤッと気合いもろとも木刀を大上段から振りおろせば、いやでも紐が引きぬかれて鉢巻はパラリと二つになる。この長く垂れた太い黒紐がぜんぜん客席から見えないところが、舞台の妙というやつなんである。


（二〇一五年九月）

エイッ・ヤッ・コトン

昭和三十一年の『宮本武蔵』全七場は、とにかくお客さんを喜ばせることではダントツの演《だ》しものであった。

そして、しばし東京宝塚劇場が揺れたほど客席大爆笑の場面がこの全七場の中にあったことが、まことに失礼な話なれど、どうしても忘れられない。それで書く。いわゆる佐々木小次郎がツバメ返しの秘剣を会得する見せ場のところ。

川口松太郎先生扮する佐々木小次郎は、そのために長剣をふるっての猛稽古。左から右へと飛ぶツバメを、神速をもって斬り落とす、という颯爽たるところを示さねばならぬのであるから、いやでも真剣にならざるを得ない。

舞台の中央辺りの天井裏に本職の歌舞伎裏方がのぼり、細いピアノ線みたいな長い紐にツバメをくっつけて、舞台いっぱいに大きく左右にふる。速すぎてはツバメとわからぬし、遅すぎては飛んでるサマにならないから、ここは本職の技倆《ぎりょう》の見せどころ。小次郎は舞台中央に立ち、それをしばし眺めていたが、やおら物干竿と称せられる長剣をぬく、と同時に、エイッと右から左へと切りさげ、と見るまに、ヤッと左から右へ切りあげる……間髪をいれずツバメがコトンと落ちる。この紐からツバメが落ちるシカケがまことによくできていた。川口小次郎先生、幕があく前に、ここを先途《せんど》とひとり舞台に残って何度も何度も猛稽古。こっちは開幕ベルが遅れるのではないかとハラハラしだしたころ、天井裏の本職と呼吸が見事に合ってきて、エイッ・ヤッ・コトン、エイッ・ヤッ・コトンがまことに小気味いいほどうまくいった。

さて本番――。小次郎しばらくツバメの飛ぶのを見る。じっと見る。長い間合い……刀の柄《つか》に……手がすーとのびる……長剣を……そしてエイッ・ヤッ・コトン、といくはずであったのに、手を刀の柄にかけたところで、小次郎ちょっと見得を切った。

本職というものは役者のことなんか見ないで、ただのみこんだ呼吸でいく。まさか、そこで本職と猛稽古のときにはなかった見得がちょこっと入るとは思わなかったらしい。

あれェと叫ぶ暇もなかった。まずコトンがあって、遅れてエイッ・ヤッ。舞台の下手でこれをみていた細川家の家老・北条誠先生が、台本どおりに大声を発する。

「お見事ッ！」

やあ、参りました。客席はもう噴火したような大爆笑。「小次郎、いいぞォ」の野次が乱れ飛ぶなかで幕がするすると下りてくる。

幕が下りきってから、川口小次郎は怒ること怒ること。顔を真ッ赤にして、上を見上げて「それでも貴様は本職かッ」「どこに眼をつけているんだ」「終幕までそこにいろ」「猛稽古をつけてやる」等々――ありったけの声を出して怒鳴りまくる。そして、この日のすべての芝居が終わってから、小次郎とツバメ師との居残りの白熱の猛稽古。

たんなるお遊びの文士劇とは思わぬ川口さんのあまりの熱心さに、われら社員の裏方もボーッとしながら付き合ったものであった。エイッ・ヤッ・コトン、エイッ・ヤッ・コトン、……耳底にこの声と音とが残っていまもときどき響いてくるような気がする。

（二〇一五年十月）

血のない定九郎

つづけて、もう一話だけ文士劇のことを書く。

昭和三十三年（一九五八）の演しものは『仮名手本忠臣蔵』であった。これは文士劇史上、空前絶後の大興行であったのではないか、とあらためて思っている。なにしろ大星由良之助が三人（宮田重雄、丹羽文雄、柴田錬三郎）、塩谷《えんや》判官が三人（清水崑、村上元三、岩田専太郎）、早野勘平が三人（久保田万太郎、源氏《げんじ》鶏太《けいた》、川口松太郎）と、みんな主役で、まるで落語の田舎芝居そのまま。われら少数の社員裏方はそれこそあらんかぎりの力をふりしぼらねばならなかった。

なかで微笑《ほほえ》ましかったのが五段目の山崎街道の場に出演の、定九郎・河盛好蔵、与市兵衛・奥野信太郎、早野勘平・源氏鶏太の三名優で、その息はピタリと合っていた。悠揚せまらざるお人柄といい、互いに相手を立てる芸風といい、楽屋でも舞台でも、三人は楽しそうに、真に藹々《あいあい》としてやっていた。

稲むらから姿を現した定九郎は、勘平の鉄砲でドーンと撃たれて、思い入れよろしく苦しがって、口から血を流すところが見せ場であった。その血のたらし方は、チョコレートに血紅《のりべに》を少しまぜ、それを例のゴム製品のなかに入れ、キッカケがきたら嚙み切って、というのがいちばん効果的でいいらしい。

「ゴムは、なんのゴムなんですかな？」

と定九郎先生が尋ね、

「もちろん、衛生サックですよ」

と与市兵衛先生が答えると、勘平先生が真剣な顔をして疑問を投げかけた。

「入れ歯であんな固いもの噛み切れますでしょうかね。大丈夫ですかね」

定九郎先生、大見得を切った。

「これはしたり、これでも定九郎、歯だけは丈夫なんです。入れ歯なんかじゃありませんぞ」

「でもね」と与市兵衛先生は心細そうにつぶやくようにいった。

「高いサックじゃ厚くて噛み切れんかもしれません。裏方さんに頼んで安いのにしてもらいなさいましな」

定九郎先生は妙に素直であった。

「ハイハイ、そういたしましょう……もしもし、黒子さーん、まことに済まんことですが、ゴムは安くて柔らかいほうに……」

こんなやりとりがあって初日の幕があいた。与市兵衛から五十両を奪って稲むらのうしろに来た定九郎に、用意の血チョコの入った小さなゴム製品の袋を渡す。「いいですか、しっかり噛んでくださいよ」「よし、わかった」。と、ドーンと鉄砲が鳴って、ムムムと、稲むらをわけて舞台へ苦悶の姿を見せた定九郎先生。なんと、その口から血がタラタラと流れ出ないではないか。そのまま恨みをふくんで血のない定九郎は長々と倒れてしまった。

　幕がしまって、わたくしは思わず聞いた。

「噛みきれませんでしたか」

「いやあ」と定九郎先生は頭をかいた。「ドーンと鳴った瞬間、ゴクンと呑《の》んでしまったんですよ。ありゃ、毒じゃないでしょうな」

（二〇一五年十一月）

早朝の銀座風景

　いまは記憶する人がいるはずもないが、翌三十四年（一九五九）四月八日、大新聞に一ページ大の広告がのった。

「あさっては皇太子さまのご結婚・きょうは週刊文春の発売日」

この大きなキャッチフレーズが、当時は人目をひいて評判になったのであるが。

とにかくその年が明けるやいなや、それはもう八丁目の文藝春秋は正月とお盆がいっしょに来たような大騒ぎとなったのである。しっかり覚えているが一月十四日に大人事異動。四月創刊へ向けて大車輪が音を立てて回りはじめた感じであった。四月入社予定の、珍しく大量二十名以上を採用した新入社員にも、できるだけ早く出社せよとの命が発せられ、佐佐木茂索社長はいった。

「社の運命を賭ける。これからは全社員午前十時までに出社せよ」

そう口にしただけではなかった。翌朝、寝ぼけ眼をこすりこすり十時までに出社した社員が目にしたものは、玄関口にどっかと座って、社員の十時出社をいちいち見届けている社長のおっかない姿であったのである。

などと社史を綴るつもりではない。じつはこのときを境にしてわたくしの銀座生活が少々変わったことを書いておきたいのである。平社員のくせにのんびり十二時ごろ重役出勤であったのが、この日から早めの出勤となって、およそそれまで見たこともなかった銀座にめぐり逢うこととなる。やや閑散とした通りを、午後よりもやや地味な服装の人が行く。どう見ても買物客とは見えない。これを追い越して銀座に勤め先をもつ清楚な着飾った人が急ぎ足で行く。それと築地の魚市場帰りらしいお兄さんもちらほら。

そう、週刊誌記者のギリギリ仕事で徹夜することがたまにある。そんなときに、朝焼けの四丁目の交差点をのんびりと野良猫が横切っているのを眺めたときは、そうか、銀座にも野良猫や野良犬がいるんだと、妙に感心したものであった。

そしてすっかり明るくなると、どこからくるやら、ハトやスズメが路上にこぼれる食べものを求めて、数えきれぬほど舞いおりてくる。いつか顔見知りとなった靴磨きのおばさんが、「並木通りなんかまるで神社の境内みたいさ、けど自動車が通りだすまでの短い間だけなんだよ」と教えてくれた。

いまもあるのかどうかわからないが、不意に六丁目のビフテキが目玉商品のスエヒロ寿《ことぶき》店に、朝定食という結構なものがあったことが思いだされてきた。会社が麹町に引っ越した昭和四十年代のはじめごろまでたしかにあった、ような気がしているが、さてどんなものか。

中身は、どんぶりにこてッと高く盛られた炊きたてのご飯に、熱いみそ汁、生卵、焼のり、タクアンがお盆にのっている。値段はいくらであったか忘れたが、徹夜の空きっ腹には珍味佳《か》肴《こう》そのものであった。いっしょに、同じように徹夜で働いていたのであろう作業衣や制服姿の人たちがパクパクやっていた。なかに馴染《なじ》みらしいルンペンふうの老人がいて、たしかに、定食にありついていたと思う。勘定がどうなっていたか、それは知らない。食べ終わって勘定をすませて出て行こうとすると、店の娘さんがきまってだれにでも声をかける。

「行ってらっしゃい」

わたくしも最初のとき、そういわれて、さて、風来坊きょうはどこへ行くのやら、とつぶやいたことを覚えている。

なお、『中央区史』によると、昭和三十一年当時、銀座を訪ねる人は平日で約三十万人、日曜祭日は三十五万ないし四十万であったそうな。これにたいして銀座八丁の夜間人口は一万五千ないし二万人。このなかで徹夜で働いている人は、どのくらいいたのであろうか。

とにかく週刊誌編集者になってからのわたくしの銀座人生は忙しく、あわただしいものになった。創刊当時の週刊誌編集部は少人数で、無茶苦茶に奮闘努力していたのである。それで、いろいろな記憶がすべてごちゃごちゃになって、万事が雲か霞の彼方にある。

左様、いまもくっきり脳漿《のうしょう》に刻まれているのは、本社の裏を流れていた外濠の岸から眺められた、まだ数寄屋橋の架かっていたころの都電が走っていた風景のみ。老骨にはなりたくないものである。

（二〇一五年十一月）

玩具の店のうす明り

わたくしが勤めていた会社が週刊誌を創刊したのが三十四年。くり返すが、当時は社員も少なくそれで毎週一冊つくっていくのであるからそれこそ東奔西走、月給以上の働きをして、銀座の街の変わりゆくさまに視線を向けている暇がなくなった。

でも、忘れられないのは、まだその時代には、銀座の夏の風物詩に虫売りがあったこと。リーンリリーンの鈴虫が七十円、チンチロリンの松虫が百円であったか、東京五輪のちょっと前に買いもとめた記憶がある。虫の音が銀座の夏の夜を涼しくしてくれていた。そんなうるわしの銀座と別れの日がやってきた。

昭和四十一年（一九六六）三月十三日は日曜日、この日に引っ越し完了し、文藝春秋の本社は銀座八丁目からいまの麴町の社屋に移って、翌日からすべての業務がそっちではじまったのである。華やかな銀座マン十三年にして、突然にド田舎の住人になったの感があった。そのころの麹町にはマトモなサラリーマン向きの食べもの屋一つないから、昼どきになると、さていかにして空きっ腹を満たすかに、毎日さんざんの苦労をした。なにしろ都電がまだ狭い道の両側の商家の軒をかすめるようにノロノロ動いていたのである。

　都電といえば、銀座の四《し》通《つう》八《はっ》達《たつ》の大通りから都電が姿を消したのが、わが社が移った翌年の四十二年。都心の交通事情悪化のため、という理由づけがなされているが、ことによったらわたくしたちが銀座から姿を消したのを悲しんでのことかもしれない、と当時はそううぬぼれて思うことにしたものである。

　唐の詩人王維《おうい》の名詩「渭城《いじょう》の朝雨軽塵を裛《うるお》し／客舎青青柳色新たなり／君に勧《すす》む更に尽くせ一杯の酒／西のかた陽関を出づれば故人無からん」をもじって、銀座を詠んだなつかしい詩があった。パロディであるから作者は名もなき詩人ならんか。

　　銀座の細雨軽塵を湿し
　　電車チンチン柳色新たになり
　　君に勧むライオン一杯の酒
　　東新橋を出づればカフェなからん

このおしまいのとこ「なからん、なからん呑み屋なからん」と三唱しながら、二次会の酒場を求めて銀座のネオン街をさまよい歩いたのも、いまは遠い昔の話となった。

このパロディにある銀座の柳並木が、樹勢衰えたゆえにと引っこぬかれたのも、やっぱり四十二年あたりではなかったか。このへんの記憶はおぼろであるが。関東大震災後の復興の象徴であった柳もまた、わたくしの銀座退去に殉《じゅん》じたものならん。

というわけで、銀座を去ったものの、やっぱり銀座が恋しくて、社の界隈の料亭なんかでの座談会などを終えるとさっそく銀座へくりだしていった。はじめのころは久しぶりにふるさとに帰省するような気になって心も弾んだ。

毎月一度、かならずご一緒したのが作家の丸谷才一、劇作家の山崎正和の両先生。行くところもきまっていたし、座る席もきまっていた。はべる女性もきまっていたのは少々味気なかったが、回数を重ねると馴染みこそよしとなるのが、銀座の不思議の一つといえるのかもしれない。

酔いもほどよく回ると、玩亭の俳号をもつ丸谷さんがきまっていいだすのである。

「はじめますか」

実は最初のころはこの一言に閉口頓首《へいこうとんしゅ》となったのであるが、回を重ねると楽しみとなったからこれまた不思議。五七五・七七・五七五……とつづける連句である。思えば実に数多くつくったのであるが、酔余《すいよ》の余興で別に記録にとどめてあるわけでないからすべて忘れた。なかでただ一つ覚えている一連がある。歳末のとある夜に詠んだものであった。

元日や玩具《おもちゃ》の店の薄明り　　玩亭
春の時計はチト遅れて打つ　　正和
一斉に銀座の蝶が飛び立ちて　　一利

夜の銀座は風流韻事が、まことによく似合う。

（二〇一五年十二月）

展覧会紳士

わたくしは四十代から趣味として木版画づくりに励んできた。

自慢高慢バカのうち、というけれど、そのバカを承知でいうのであるが、実は、わたくしは銀座の画廊で、その木版画の個展をやっている。なんだって、個展を銀座で？　とびっくりされる読者も多かろうが、それも三回も、美神の怒りも恐れずにひらいているのである。

画廊のご主人の北川順一郎・英子ご夫妻の特別のご厚意によるもので、木版画のわが作品が銀座の名に恥じぬくらい輝いているためにあらず。なんて、書くまでもないことか。とにかく恐る恐る展示したらこれがまたびっくりするくらいよく売れて……。なんだと、貴様、どこまで面の皮を厚くしたら気がすむんだと、君、呆れ給うことなかれ。

企画してくれた高橋シメ子さんに、

「もうこれ以上は売り切れにしてください」

と頼んだら、シメ子さんは許してくれない。

「なにをおっしゃいますか。木版画でしょう、どんどん刷ればいいじゃないですか」

それはもうそのとおりなのであるが、刷るほうの身になってもらいたい。個展のすんだあとの毎晩の重労働。揚句に墨で顔を黒くした手伝いのカミさんにドヤされた。

「もう金輪際、個展なんかやらせませんからね。やったら、いいですか、別段の覚悟なさいませ」

それでも懲りずに二回目は、今度はいっさい売りませんの貼紙をして、と頭を下げたら、今度はシメ子さんにドヤされた。

「そんな展覧会はないンです。ダメです」

　そんなこんなの騒ぎがあったが、このときおもしろいことを一つ学んだ。オープンのパーティーのとき、背広にネクタイのスカッとした五十代後半くらいの紳士が現れ、やたらに「力作ですなあ」とかなんとかほめてくれる。そしておおいに飲み、食い、わが作品について語り、やがてわたくしに最敬礼して静かに去っていった。どなたであったのであろうかと、まわりに訊いてもだれも知らない。

　あとで知った。銀座にはオープンや打ち上げのパーティーを舞台に誉めまくりの名演技をして、パクパク栄養補給をやっている名物の展覧会紳士がいるということを。

（二〇一五年十二月）

春風　銀座乃道

　いまは老骨となってほとんど夜の銀座にもでかけない。北方謙三さんの言葉を借りると、「動物園」「猿の惑星」「お化け屋敷」とよばれているらしい文壇バーとも、縁なき衆生とあいなった。ではあるが、しきりに出没していたころの名残がたったひとつ、たぶん「動物園」に当たるのであろう六丁目のザボンというバーの入り口に飾られている。

この店を開くからなにか記念になるようなものが欲しい、と馴染みの（深馴染みではない、念のため）ママにいわれて無理矢理に承知させられた。そこで明《みん》の高啓《こうけい》の名詩「水を渡り復《ま》た水を渡り／花を看《み》て還《ま》た花を看る／春風江上《しゅんぷうこうじょう》の路／覚えず君が家に到る」のパロディ、いやほとんど盗作そのものの歌を贈った。

水を渡る　また水を渡る
花を見　また花を見る
春風　銀座乃道
覚えずザボンに到る

それがいま、なんと、豪華な額におさめられて、店の扉を開けるとドーンと真ん前に鎮座している。ときどき訪れてそれを目にするたびに、わたくしは首をすくめている。人間、たわむれに気をでっかくして人にものを贈るものではない。

（二〇一五年十二月）

あとがき

わたくしは、ゴルフもやらず、車の運転もせず、旅行の楽しみもなく、釣りや山登りも、とにかく世の大概の方がやっている趣味は何一つやらない。いまこれをやらざる人は人にあらずとなっているスマホもパソコンも、そのほか現代的な電子器具のもろもろとも縁なき衆生である。要するにまさしく前世紀の遺物なのである。ただただ昭和史と太平洋戦争の〝事実〟を探偵することに若いころから妙にのめりこんできて、一人でコツコツと続けて、いつの間にか九十歳の老耄《おいぼ》れとなってしまった。

その間に、雑誌の編集者という職業についたせいもあってか、手当たり次第に本を読んで、長い時間を過ごし、それから３Ｂ鉛筆をにぎって原稿用紙に向かい、あきもせずシコシコと原稿用紙の穴を一字一字埋めていった。つまり、乱読のお蔭で物書きになった。乱読の弊《へい》をいう人もいるようであるが、そんなことを信じない。弊なんてものはない。新しい事実を知ることにいい知れぬ楽しみがあって、むしろ脳みそのコリをほぐすのに役立つ薬と思っている。

自分で勝手に生涯のテーマと決めている昭和史や太平洋戦争ばかりではなくて、物書きとなったばかりに新聞のコラムや趣味的な雑誌の連載を頼まれたりすることも多くなった。これまた乱読のお蔭もあってか、そこで仕込んだ知識を利用して書くのも楽しくなり、ホイホイと引受ける。俺は昭和史だけの男じゃないんだぞ、とちょっぴり自尊心を満足させたい山ッ気が出てくるのであろう。

ただし、〝昭和史〟ものと違って、こっちの人生全般、森羅万象、山川草木を主題とするいわゆるエッセイを書くのは、いささか勝手が違って、最初の頃はかなりの苦労がいった。何字何行でまとめろという字数制限のあるものが多く、いい加減にプロットを考えてとりかかったりして、手痛いシッペ返しをうけることがしばしばであった。

じつは、そんなときのための文章作法の心得の条があった。いまは亡き井上ひさしさんの教えなのである。それも「文章を書くうえで一番大切にしていること」として、井上さんが色紙だけに書いたという彼自身の「心得之条」のようなのであるが。

「むずかしいことをやさしく

やさしいことをふかく

ふかいことをゆかいに
ゆかいなことをまじめに
書くこと」

井上さんの作品のどこにも書かれてはいないと思うが、どこで仕入れたものかいまは引用する物書きもあって、かなり有名な井上さんの名言の一つとなっている。で、読者の中にはすでにご存知の方もあることと思うが、わたくしがこの「心得之条」を知ったときは知る人はそれほど多くなく、自分だけが授かった秘術と思っていたものであった。

本書は、じつは、この秘術を使って書いたエッセイをまとめたものである。

と書いたが、まとめられた大半のエッセイの出典は、文藝春秋の営業部が毎月だしていた「新刊のお知らせ」というパンフレットにある。これは営業部が書店さんや取次会社さんあてに配っている社外秘的なもので、そのフロント・ページが読物となっていて、わたくしはそこに一九九九年四月から二〇二〇年一月まで、じつに二十余年も「歴史探偵がいく」と題して連載をつづけた。ほとんどの読者の眼にふれることのないのがちょっぴり残念であったが、東京の下町ッ子らしく律儀に、この字数制限のあるコラムの連載を休まずにつづけた。その前半の百八十話の中から選んだ百話は『歴史のくずかご』として、すでに文春文庫になっている。したがって本書は前回収録しなかったものと後半七十話の中から選んだものということになる。

ほかに、新聞に書いたコラムあり、銀座のPR誌に連載したものあり、雑誌エッセイ欄に書いたものあり、しかも二十年余も前の旧作あり、ごく最近寄稿したものあり。いずれにしても、ともかく老骨が、「むずかしいことをやさしく／やさしいことをふかく」書いたもので本書は成り立っている。

とはいえ、もともとはあまりにも新旧入り乱れて、テーマもあっち向きこっち向き、ゴッタ煮のごときエッセイの寄せ集め、との謗《そし》りはまぬがれないものであった。それが一冊の作品として堂々と世にでるには、うしろに一篇一篇を精読した上での、絶妙な編集というものがなければならない。編集の妙があって箸にも棒にもかからないゴッタ煮も料理へと見事に昇格するのである。長年の編集者暮らしをしたわたくしにはそれがよくわかる。その意味から、新書編集部の水上奥人君には心から感謝せねばならない。

水上君、ほんとうにありがとう。ゲラを読みながら、そうか、こういう章立てにすればこやつも仲間に入れるのかと感服しつつ、わたくしも思う存分に楽しんだ。読者にも十分に楽しんでもらえるものと思う。

それにつけても、わたくしのエッセイは、いくら好奇心の赴くままとはいえ、いわゆるエッセイの本道からは、ずいぶんとずっこけたものであることか、と深く感じ入った。通読して突然に思い当たったのは「人のゆく裏に道あり花の山」という一句であった。だれの作か忘れたが、まさにそれよ。大道を行くにあらず俺の楽しみは裏道よ、とあらためて納得した。三つ子の魂百までも、いや、ただしくは九十一まで、東京は向島の下町の悪ガキ育ちの本性は変わらないもんなんであるな。

二〇二一年一月

半藤一利

編集部付記

本書の企画が動き出したのは、二〇二〇年初夏のことです。当初は、文藝春秋の営業部が毎月作成する「新刊のお知らせ」に連載されたコラムのみを一冊にまとめる予定でしたが、半藤さんから「本になっていない原稿がいろいろあるので、読んでみてくれないか」と、雑誌や新聞の切り抜きが送られてきました。また、「テーマが同じだったものは、重複を削って一本に書き直しました」と手書きの原稿用紙の束も同封されていたのです。

その後も、「こんなものも見つかった」と書籍化されていない原稿が次々と送られてきました。

編集部では原稿をテーマ別に分類し、一冊分に整理しました。半藤さんはそれに細かな修正を入れ、各章にタイトルを付け、さらに「あとがき」として肉筆の原稿を送ってくださいました。「あとがき」にあるように、愛用の原稿用紙に３Ｂの鉛筆を使い、おなじみの太く柔らかい文字で書かれていました。

十二月に入ると「タイトルは、『歴史探偵　忘れ残りの記』はどうだろう。若いころ『文藝春秋』の編集部にいて吉川英治さんの担当をしていてね。その時の連載が『忘れ残りの記』という自伝的作品。それを思い出して」とおっしゃいました。それが本書のタイトルとなりました。

その時、編集部から「今回収録できなかったお原稿がたくさんあるので、第二弾、第三弾と出しましょう」と提案したところ、「編集部がよいのであれば、お願いします」とご快諾くださいました。

年が明け、「原稿のことはお任せします」と言付けをいただき、一週間もしないうちに訃報が届きました。書斎の机には本書のゲラが置かれていたそうです。

「一冊にまとまることがいまから楽しみで楽しみで」とおっしゃった半藤さんに、本書の見本をお届けできなかったことが悔やまれてなりません。

謹んでご冥福をお祈りいたします。

初出一覧（掲載年月日は、各文末に記載）

「敗戦後、一夜明ければ」「原爆とアインシュタイン」「『勝札』が輝いていた時代」「原爆をめぐる伝説と現実」「露伴『五重塔』のモデルは」「春はうららかにあらず」「猫の死亡通知」「本物のハチ号の話」「ボートと渡し　隅田川の記憶」（朝日新聞「歴史探偵おぼえ書き」）

「魔物をつくった人類」（共同通信配信）

「東洋一の橋の跳開に臨む」（東京人）

「向島界隈」（桑兪）

第六章「わが銀座おぼろげ史」（銀座百点）

記載のないものは「新刊のお知らせ」（文藝春秋）

収録にあたっては、大幅な加筆、修正、一部は改題をしました。また、著者が保管する原稿を底本としたため、掲載誌が不明のものもありました。お気づきのことがありましたら編集部までご連絡ください。

半藤一利（はんどう かずとし）

1930年生まれ。作家。文藝春秋に入社し、『週刊文春』『文藝春秋』などの編集長、専務取締役を歴任。昭和史研究の第一人者として知られる。2021年1月12日逝去。『日本のいちばん長い日 決定版』『聖断』『昭和史』など著書多数。

文春新書

1299

歴《れき》史《し》探偵《たんてい》　忘《わす》れ残《のこ》りの記《き》

2021年2月20日　第1刷発行
2021年2月25日　第2刷発行

著　者　半藤一利
発行者　大松芳男
発行所　株式会社 文藝春秋

〒102-8008　東京都千代田区紀尾井町3-23
電話（03）3265-1211（代表）

印刷所　理想社
付物印刷　大日本印刷
製本所　大口製本

定価はカバーに表示してあります。
万一、落丁・乱丁の場合は小社製作部宛お送り下さい。
送料小社負担でお取替え致します。

ISBN978-4-16-661299-4

◆日本の歴史

姫君たちの明治維新　岩尾光代
日本史の新常識　文藝春秋編
日本プラモデル六〇年史　小林 昇
仏教抹殺　鵜飼秀徳
昭和天皇 最後の侍従日記　小林 忍＋共同通信取材班
令和を生きるための昭和史入門　保阪正康
内閣調査室秘録　志垣民郎 岸 俊光編
木戸幸一　川田 稔
「京都」の誕生　桃崎有一郎
皇国史観　片山杜秀
昭和史がわかるブックガイド　文春新書編
遊王 徳川家斉　岡崎守恭
東條英機　一ノ瀬俊也
信長 空白の百三十日　木下昌輝
感染症の日本史　磯田道史
平安朝の事件簿　繁田信一

◆文学・ことば

翻訳夜話　村上春樹 柴田元幸
翻訳夜話2 サリンジャー戦記　村上春樹 柴田元幸
漢字と日本人　高島俊男
語源でわかった！英単語記憶術　山並陞一
すごい言葉　晴山陽一
危うし！小学校英語　鳥飼玖美子
外交官の「うな重方式」英語勉強法　多賀敏行
名文どろぼう　竹内政明
「編集手帳」の文章術　竹内政明
ビブリオバトル　谷口忠大
新・百人一首　岡井 隆・馬場あき子・永田和宏・穂村 弘選
劇団四季メソッド「美しい日本語の話し方」　浅利慶太
芥川賞の謎を解く　鵜飼哲夫
司馬遼太郎に日本人を学ぶ　森 史朗
週刊誌記者 近松門左衛門　鳥越文蔵監修 小野幸惠
昭和のことば　鴨下信一

ビジネスエリートの新論語　司馬遼太郎
オッペケペー節と明治　永嶺重敏
世界はジョークで出来ている　早坂 隆
一切なりゆき　樹木希林
天才の思考　鈴木敏夫
いま、幸せかい？　滝口悠生選
英語で味わう万葉集　ピーター・J・マクミラン
歎異抄 救いのことば　釈 徹宗

品切の節はご容赦下さい